U0141718

七等生　　　**僵局。**

削瘦卻獨特的靈魂

生命裡不免會有令人感到格格不入的時候，彷彿翹翹著從一眾和自己不同方向的人羣中穿行而過。然而如果那與己相逆的竟是一個時代、甚至是一整個世界，這時又該如何自處？

一生以叛逆而前衛的文學藝術屹立於世間浪潮的七等生，就是這樣一位與時代潮流相悖的逆行者。他的創作曾為他所身處的世代帶來巨大的震撼、驚詫、迷惑與躁動，而那也正是世界帶給他孤獨、隔絕和疏離的劇烈迴響。如今這抹削瘦卻獨特的靈魂已離我們遠去，但他的小說仍兀自鳴放著它獨有的聲部與旋律。

該怎麼具體描繪七等生的與眾不同？或許可以從其投身創作的時空窺知一二。在他首度發表作品的一九六二年，正是總體社會一意呼應來自威權的集體意識，甚且連文藝創作都被指導必須帶有「戰鬥意味」的滯悶年代。而七等生初登文壇即以刻意違拗的語法，和一個個

讓人眩惑、迷離的故事，展現出強烈的個人色彩與自我內在精神。成為當時一片同調的呼聲中，唯一與眾聲迥異的孤鳴者。

也或許因為這樣，讓七等生的作品一直背負著兩極化的評價；好之者稱其拆穿了當時社會表象的虛偽和黑暗面，凸顯出人們在現代文明中的生存困境。惡之者則謂其作品充斥著虛無頹廢的個人主義，乃至於「墮落」、「悖德」云云。然而無論是他故事裡那些孤獨、離群的邊緣人物，甚或小說語言上對傳統中文書寫的乖違與變造，其實都是意欲脫出既有的社會規範和框架，並且有意識地主動選擇對世界疏離。在那個時代發出這樣的鳴聲，毋寧是一種挑釁，也無怪乎有的人視之為某種異端。另一方面，七等生和他的小說所具備的特殊音色，也不斷在更多後來的讀者之間傳遞、蔓延；那些當時不被接受和瞭解的，後來都成為他超越時代的證明。

儘管小說家此刻已然遠行，但是透過他的文字，我們或許終於能夠再更接近他一點。

印刻文學極其有幸承往者意志，進行「七等生全集」的編輯工作，為七等生的小說、詩、散文等畢生創作做最完整的彙集與整理；作品按其寫作年代加以排列，以凸顯其思維與創作軌跡。同時輯錄作者生平重要事件年表，期望藉由作品與生平的並置，讓未來的讀者能瞭解台灣曾經有像七等生如此前衛的小說家，並藉此銘記台灣文學史上最秀異特出的一道風景。

1968年七等生與妻兒在蘭雅

1969年《僵局》，林白（初版）　　　1972年《巨蟹集》，新風（初版）

目錄

（代序）
論文學

　　純粹的文學創作已不如往昔普遍。所謂大眾文學實在是文學的反動；有關現代文學在台灣的諸種論調會使人不寒而慄；文學是一種誘因，富有教化使命，不應屈尊降低水準來迎合大眾。其中有一種說法把責任推給大眾的意識，任何有良心的人都知道大眾的意識是無法準確地去評估的。刻意迎合大眾的意識常是一種宣傳術語，最後是為人唾棄，但只要在最初有人去理會它，他們的目的已經達到。有些批評家故意指責文學的創作過於玄奧，人們也盲目地贊同這種不求上進的懶惰說法，我認為這是有意把文學的使命置於死地。而他們有一套文學使命，美其名為社會文化結合一體，這種帶有某種意識的論調，事實上在掩飾所謂社會文化就是要愚弄大眾。當學派的勢力超乎一切時，獨立的人格就會遭到破壞。現代文學的產生是個人人格的建立，這也是真正的文學使命，絕無其他更誇大的說法來取代生命的自用的神

聖。

現代文學不可寫成像公告一樣的簡白是可以想像的；如果文學不像任何一門學問需要去學習才能認識，我們可以斷定它是沒有多大價值的。一句普通交談的會話被用在文學創作裡，它所產生的涵意的廣度和深度，這是文學的一項基本法則，相信文學創作家不會輕易動用現實生活中的字彙，也唯有謹慎和考慮美學觀點的創作家信守這條戒律，他的句法猶如他的呼吸，而去讀一本文學作品不憑教育的訓練幾乎是不可能的。人類的生存同樣地不容易，我們越來越需要更長的時間（生命）來學習許多的事物。如有人為現代文學的分歧和形貌的複雜而擔憂，那麼他是無法真正瞭解現代文學的開拓精神。

有時我們會在文學作品和權威批評的理論中迷失了思索，當那些理論越來越主張其目的不在宣洩感，而在於逃離感情；不在於表達個性，而在於逃離個性，把文學引向王國之路時，我們卻總覺得所有的最好的文學作品都反而在內涵中更具有作者的獨特個性和感情。至於社會文化一事，不應隨便拿來代表民眾在無可選擇中接觸的各類消遣事物。消遣的事物通常都是被動性的，但參與文學活動要有主動的意志，使文學和生存趨於一體。

（本文為一九七六年遠行版《僵局》代序）

結婚

一

楊鎮旗山街和仁愛路口那塊街角有間紅磚砌築的兩層古樓房豎立著，從樓下敞開的門一直深進內壁所堆集排列著的物品看來，便知道是個很大的雜貨總匯。這間雜貨店代表著這個小鎮的歷史：守舊、雜亂和古老。靠近走廊的幾個方形的瓷缸，表面上清晰地寫著它盛裝的物品的黑色方體字：那是各種的米、鹽、白糖和黑糖。粗糙的木桶盛著豆類。木框盒子充塞著骯髒的各種乾蔬菜，另一邊是大小不同的繩索圈和麵粉袋。一箱箱的洗衣肥皂，香肥皂和毛巾牙刷等類的物品排列在玻璃櫃內。兩面牆壁的木架框上，排列著酒類、醬油及醋，紙標鮮明，整齊有如列隊的士兵。木架的下一層，靠近地板，要彎下身體才能拿到的是一些矮

胖的瓶子，那是農藥酒精和殺蟲劑之類的東西。角落還有桶裝的米酒。那張橫在中央的巨木櫃長一丈高四尺，一端的上面放置的玻璃箱是當時公賣局出品的各種香煙。五年前，巨木櫃的另一端通常站著一位短髮的活潑少女，她的名字叫曾美霞。她勤奮地走來走去，取貨品給買客，把錢折摺後塞進櫃面的小方窄洞，需要找回零錢時，她便翻開一截櫃板，在腰腹折彎，把頭探進幽黑的櫃裡摸索銅幣。每天早晨到中午這一段時間，生意很好，她來回不知疲倦地為客人服務。當然，這麼龐雜的店鋪一定還有其他的家人；那便是那位壞了一隻眼睛的父親，以及家族中閒空的人都會在店裡照顧生意。買客對她的印象很好，她總是露出一種喜歡聽人吩咐的笑容，這和她天生圓形的面龐顯得很適切。她剛過十七歲，初級中學剛畢業不久，長得豐滿健康，附著在她身上面孔上的平庸卻比美麗更得人緣和親切感。

同一條街，與這間雜貨店僅隔著一條讓行人走路的小巷，豎立著鎮上的標誌——一座新建的新樣式的農會大樓，白色的細石牆壁閃耀著陽光，國旗飄揚在屋頂之上，襯著美麗的青空，象徵著鎮轄管區農業的興盛。雜貨店的左邊，屬於仁愛路的第一幢房子，則是一間木板釘成的日本式的優雅兩層樓房子，黑色厚重的瓦，板牆漆成墨綠色，它是一所十分高尚的醫院。於是，以雜貨店為中心，座落在兩條主要街道的這三座毗連且互相異趣的房子，正是這個鎮上的代表和存在的光榮。

隨著曾美霞的長成不可避免地發生在她身上的事的當時，雜貨店裡居住著的正是一個典型的大家庭，維持著傳統的生活習慣，卻不堪新的思想的侵襲而顯露著日漸的崩潰。由於老曾的失聰，三個兄弟間都逐漸顯露著敵意，尤其是老大、老二的女人們間的裂隙十分顯明。

是老曾在日據時代開創了這間雜貨店的，那時三個年輕兄弟還未娶妻，表現得十分融洽合作；得興和得財在店裡幫忙他們的父親，他們的小弟得智學業很好，被送到新竹大城市去讀書，現在他也在新竹成家，時常回到楊鎮來。他們的母親做全部的家事，一切的主意都得聽命於老曾；他能幹，和藹且帶點商人的詼諧的性格，和鄰居鎮民相處得很和諧。楊鎮那時初長成，雜貨店是鎮民一切生活必須品的供應所。

老曾的老伴，隨著早年老曾初開雜貨店的艱苦和操勞，以及負責管束三個男孩，使她變成一個愛好囉嗦多嘴的女人。她膽怯，小心謹慎和過份的節儉，於是以她狹窄的心胸管教孩子時，那種氣氛就是一味的嘮叨，缺少理智、技巧和幽默；她的觀念就是屬於對的一切。不過，她本性慈藹，那樣的心胸正好也容納不了罪惡和暴力。當晚年，老曾因血壓高成了一個呆癡的無用老人時，她親見一個龐雜的家庭的日漸多事和紛擾，使她煩亂得成了一個患著偏頭痛的歇斯底里亞的神經質老婦人。她的指責的語聲對於家庭中的女人和小孩像是一種日常聽慣的市街的噪音。她的兒子們也變質了（在她看起來一定如此），她唯一的慰安是鄰居們還十分願意傾聽她對日常家事的述怨。好在，老曾已經什麼都置之度外了，否則，我們相信這位昔日奮鬥過的老人，一定會牽著他的那位高大乾扁而病黃色的老伴離開這間不再屬於他的雜貨店。

曾美霞被聚集在農會休憩室的年輕男女們稱為羅雲郎的愛人。那一天午後，羅雲郎手中握著曾美霞遞給他的肥皂，他倚靠在雜貨店的櫃台和她談話，告訴她一個令人興奮的消息。

「妳猜今天誰回來了。」

「我怎麼會知道呢，到底是誰？」

「黑狗。」羅雲郎說。

「那一位黑狗？」美霞疑問著，腦中掠過許多鎮上被稱為黑狗的年輕男人。

「我的同學，那位搬到台中做生意姓邱的兒子。」

「喔——我記起來了，那個調皮鬼，以前喜歡毆打女學生。」

「是的，他帶了女朋友一起回來。」

「女朋友？」美霞被這個名詞逗得興奮起來。

「她美麗嗎？」她再關心地問著。

「看起來像個太妹。」羅雲郎表示了他的觀點。

「黑狗是個太保，正好相配嘛。」美霞高興地說。

「晚上他會帶她來農會。」

「我一定去看看她長得怎樣。」

「黑狗還帶回來許多新唱片。」

「他一定變得很多了，那是什麼唱片？」

「舞曲，他要教我新的舞步。」

「他幾點鐘會來？」

「大概七點左右。」

「我看見他們從門口經過時，我就去。」

「好的，一定來啊。」

「我一定去。」

他離開櫃台，走出雜貨店，回頭再對美霞微笑一下。他常藉故來雜貨店買東西和她攀談。

羅雲郎出生在農村，距離楊鎮五里遠的北勢窩。他的父母以及附近的農夫都是勤儉的客家人，沒有受過多少教育，十分迷信。他的母親罔市尤其保守固執，是位能幹如男人的健壯婦人，所以他的父親相反的異常沉默和羸弱。羅雲郎從高農畢業後依然還如此樸實和溫和，那張英俊的面孔看起來顯得鄉氣愚傻，都是他的母親嚴刻管教束縛的結果。楊鎮的農會雇用他，是學校推薦的，學校認為他樸實可靠。他在校學業成績優良，本來可以再繼續到大城市去考大學的農學系，但他的母親捉住著農會給他的這份有薪水的職位，認為教育太多並沒有大用處，反而學壞了。

有一天晚上，金妹親自走到農會的休憩室窗外，對裡面雜亂而有趣的情形窺視一番；她看見無數的未婚男女集在那一間寬敞的室內談笑和跳舞，一架落地的電唱機罳鬧著音樂，她輕聲叫喚她的女兒，把她從羅雲郎的手中叫回到家裡。

「他是誰？」

「羅雲郎，農會的職工。」

「妳不是告訴我妳不會跳舞嗎？」

「現在大家都在學著呀，我也學學。」

「妳早上在店裡做生意，我准妳晚上出去，但我不許妳學跳舞，不要再被我撞見了。」

015

「好的，媽媽。」

美霞長得酷似她的母親。這是一個非常嘈雜和猜忌的煩亂家庭，所以金妹對待美霞常常是過份的約束，連帶美霞的一位弟弟，也整日價地被她關在她的臥室裡讀書寫字。

許多日子之後，美霞也感覺到她自己是雲郎的愛人了。有一個早晨，媒婆阿里出現在雜貨店門口，她看見她直往內室，且拉著她母親的手臂走進臥室，她開始逐漸感到羞嚇和顫抖。阿里告訴了金妹兩個年輕人相戀的事，金妹有些困惑和慍怒，她不相信美霞能逃過她的監視，偷偷地與一位農夫的兒子戀愛。金妹否認了這件事；她說：羅家的岡市喜歡她的女兒做媳婦，她感到榮幸，不過她的女兒年紀還很輕，店上也需要她再幫忙一段日子。這是她在阿里詳細的回答有關羅家的一切狀況的詢問之後表示的意思；她婉轉地辭退了阿里，心裡很不快樂那種把她的女兒和粗俗的農人家庭連親的說法。她一聽到羅家是客家人，住在深山裡耕農，她的女兒要住在泥土塊做的屋子裡，她感到一陣陣的嫌惡。阿里也不快樂地走了。金妹馬上呼叫美霞進來臥室，她的心和肢體都在顫抖，她反應著內心懷著受刑的恐懼，她有點兒遲疑不前，她早在阿里走出雜貨店時的面目表情獲得了警告。金妹衝向她，在她的大腿皮上擰了一下，她在她的威脅的逼問下承認了那件事。隨著是一陣幾近瘋狂地宣洩憤怒的毒打，第一次引起全家族的震驚。

這件事情騷擾之後的轉變便是：羅雲郎不敢白天再跑來雜貨店和美霞攀談，甚至買東西都跑到另一條街的小鋪子買。美霞被關在樓上一間幽黑的空臥室幾個晚上，不准外出。當第三天她再在櫃台後面出現時，便接到由農會的另一位職工偷偷遞給她的一封羅雲郎的信箋，

信裡面充滿這位初戀的男人的哀傷、忠懇和對愛永恆不渝的信守，這樣的信使她第一次獲得親屬之愛以外的安慰和勇氣。由於那位天性好事的職工的幫忙，美霞和雲郎間的情愫就靠著信箋的往返傳遞著，使這位少女的思慕之情藉著拙笨簡單的文字，也發揮到無比貞潔和崇高的境地。

於是人們開始漸漸發覺櫃台後面的美霞，代表著青春和坦率的笑容逐漸被一種更豐富而奇妙的表情替代，除了那位愛沉逗在報紙的獨眼父親外，來來去去的顧客都有這樣的感覺。有時，美霞會躲在香煙櫃後面，坐在一張圓木凳沉思起來，把手托著腮部。她的父親關於子女的事總聽命於金妹，媒婆阿里來後，他也認為金妹這樣做並沒有什麼錯誤。不料，連信件的來往也被金妹發覺了；首先，金妹發覺那位傳信的職工也步著那位農夫的後塵來和美霞談戀愛，對於這位矮小好事的農會職工，他是鎮上無人不曉的清道夫啞巴松的兒子，金妹當然更看不起他這種貧賤出生的男人，所以上前來干涉，不料就這樣意外地揭穿了這幕隱情的戲劇。金妹把美霞拖進臥室，要她把所有的信件都繳出來，美霞曾冒著一陣毒打的危險堅持著說：除了那一張，不再有其他的信件了。後來當她反抗她的母親時又說：即使有我也不拿出來，那是我的，不是妳的，或其他人的。全屋子的人都為了這件事再度掀起了一陣爭論，藉著這個機會，女人們之間的事都搬出來互相攻擊指罵，這時，老曾的老伴的規勸沒有人願意聽從，老大得興出差到彰化，老二得財——美霞的父親，不願加入這場爭論，他只無效地叫停他的女人，當沒有獲得絲毫的反應時，便捉起報紙坐在雜貨店門邊，像在把守裡面的騷亂免得引起外人的窺視。老曾獨坐在這幢樓房的最末一間臥室，臉孔紅潤，僵硬地把身

體靠在椅背上，絲毫聽不到震動全屋各角落的吵鬧聲。美霞忍受不住無情的竹棒的拍打，且親睹全族的暴亂起源於她身上，才把信件搬出來。她的母親燒掉那些信件後，整個家庭仍沉浸在吵鬧中。

第二天，全家庭決定把美霞送到新竹的叔父家去，且安排在新竹做事，甚至希望以後在新竹覓得高尚人家成婚。

至於羅雲郎的母親罔市，聽到媒婆阿里的讒言之後，斷定對方是在嫌棄和輕視著他們羅家的家世和環境，罔市懷著被卑視和欺辱後的憤怒警告她的兒子。可是這種記恨在當時並不能影響到熱戀的當事人；雲郎僅僅口頭答允他的母親，鬱鬱不樂地回到鎮上，依然沉溺在思慕的哀痛中，從此很少回家。倒是美霞離開楊鎮的消息震驚了他，他悵亂而悲觀，直到一星期後接到她從新竹寄來的信，才像赦免般從絕望中釋放出來。

美霞在新竹，她的情感意外地受到叔母惠珍的尊重；惠珍叔母受託要為美霞在城市中找到一個上等的家庭結親一事，當親自聽到了美霞坦率傾露事實的真相之後，不但放棄了對二兄嫂金妹的承諾，反而大加讚許美霞的勇氣和高尚的情感。於是，當羅雲郎在一個月後偷偷赴新竹與美霞會面後，美霞的笑容再度像花朵一樣地綻開了。羅雲郎受到惠珍叔母的款待，惠珍叔母並且答應保密這件事，等到美霞的法定年齡到來，擺脫了父母的監護後。可是有一個條件，惠珍叔母羞赦而莊重地暗示他們不可偷偷做那件事。

美霞被介紹到一家百貨商行做店員，她開始留長頭髮，注意服飾，也開始再學跳舞。從此，除了信件無阻的往返外，羅雲郎瞞著母親，每一個月請假二天，那是星期五和星期六兩

天，搭火車趕去新竹和美霞會面，如此繼續有一年。可是，突然羅雲郎的母親岡市另擇了一女子要他早日成婚，當然他是拒絕了，敷衍著他的母親；金妹也要求惠珍答覆美霞的近況；這樣的事開始打擾兩個年輕人的順利的愛戀，他們不得不迅速計劃結婚，於是，互相立下了永遠相守的誓言。兩個人都頗具信心要以行動來說服雙方的家長。他們以這樣的心況擁抱在一起時，不免沉溺在一些結婚計劃的美妙幻想中。

「我們一定要好好地去蜜月旅行。」

「我們到我們都不曾去過的地方——」

「那裡？」

「東部的花蓮。」

「喔，蘇花公路。」

「還有台東……」

「真美妙。」

美霞高興地喚起來。

「死也要去那個地方走一趟。」

「我們一定要做這件事。」

有一天，得智叔叔帶著美霞回到楊鎮，得智是個又高又胖的男人。看起來有點書呆樣子。他（她）們下火車，美霞過去的同學都看見她好像大小姐帶著城市的摩登回來，不似離開楊鎮前的那種天真稚氣的模樣。她帶回來許多衣服，她去了一年三個月，她自己積了一些

錢，但她的身體裡面也帶回來三個月大胎兒。後面垂披著長髮，她看起來就像少婦一樣地成熟。她的得智叔叔一點兒不知情。他常常一個人回來楊鎮，因為現在他是雜貨店的合夥人之一，平時他在縣政府做事，他的外表就像一個不會容納煩惱的人。夏日的黃昏照著他（她）們的背影，他（她）們走進雜貨店，家庭中沒有人不高興，對美霞變得像個有教養的高尚和好看的女人感到快樂。除了老曾獨居在後房，永遠是呆癡僵硬的姿態，家庭中由於美霞的歸來，突然像增加了幾倍的人一樣地熱鬧。美霞走進後房老曾的臥室，握著祖父老曾的手，老曾點點頭，莫名其妙地望著美霞，然後他移開了眼睛，便不再理睬她。晚上，家庭的情緒平靜下來了，美霞走進母親的臥室，一會兒，金妹氣呼呼地衝出來，找得智叔叔，她毫不客氣地指罵他。

「我不知道啊──」得智喚叫時愈加顯露他的呆癡模樣。

「你不知道！」

「我一點兒也不明瞭到底曾發生了什麼事。」

「你看見過他嗎？」

「連他的樣子我都記不得啊。」

「我要惠珍替我負責。」

「這跟惠珍有什麼關係，嫁給他不就行了嗎？」得智天真地說。

「什麼嫁給他，沒有那麼便宜。」

「那麼妳能怎麼辦？」

「我要控告他。」

「這樣做是不好的，不能小題大做。」

「我還要好好教訓她一頓。」

「唉——」得智嘆息地說。

金妹說完走進臥室，家庭中的人都從床上再起身，身上披著衣服出來包圍得智，得智一點兒說不出話來。視力不好的得財衝進臥室，告訴他的妻子金妹好好修理她一頓，然後他氣憤地走出來，在雜貨店的櫃台後面走來走去。老曾的老伴，孩子們的祖母，面孔憂戚地走進金妹的臥室，但馬上被金妹罵出來。整個家庭開始漸漸掀起一陣的爭辯，只有老大得興出差回來，喝醉了酒，躺在床上，其他的孩子們都坐在床沿等候著，聽到美霞被金妹拖上樓上堆積雜貨的那間幽黑的臥室，始終期望著能聽到美霞有反抗的聲音。

二

潘森警長從玻璃窗看到一位婦人走向警局門口，他從她的模樣認出那是雜貨店老曾的第二兒子的妻子金妹。金妹選擇了一個早晨，走進警察局，他顯出一個有教養的女流降臨於官廳所慣有的輕蔑的態度，但她一看到潘森警長好像早已注意著她時，她羞澀而謙恭地微笑。

她和警察局長潘森晤談了一小時，潘森警長作了結論說：

「讓我和妳的女兒美霞談一次話，我能依據的也是當事人的口供。」

潘森警長就法律問題對金妹說得很清楚。在和她晤談之前，他早已對羅雲郎和曾美霞的戀愛有所聽聞。當天下午，潘森在自己的宿舍裡休憩，金妹帶了躊躇不前的美霞再來找他。金妹感覺在私人的宿舍裡和潘森商談這件事比在官廳上要自然容易一些。潘森警長直接了當地問了美霞一些真實問題：

「羅雲郎曾對妳強姦嗎？」

美霞抬起她困惑的眼睛回答：

「沒有，他沒有。」

「那麼妳為何會懷孕，嗯？」

美霞感到警長有些逼人和故意，她低下頭沒有回答。坐在美霞旁邊的金妹內心的震怒顯現在那張血液湧上來的肥大面孔上，潘森注意到她的表情，不過他想再捉住這個時候美霞能夠坦白回答的一刻，再加問了一句：

「妳的母親要控告他，妳也表示願意這樣做嗎？」

「我不要那樣做。」

潘森轉過來注視金妹，他再對美霞審視一下，注意到美霞赤裸的手臂上顯露出來的傷痕，那些紫黑的痕跡像是佈滿她全身的一種色彩。潘森好像一直都故意扮著一位邪惡的幫凶一樣。

「妳不願考慮一下嗎？」

她遲疑著，怯怯地回視她的母親一眼。金妹因為看潘森的在場，這時才對美霞寬懷地投

著暗示的笑容。金妹說：

「要是妳答應合作，對妳對我都好，那個不負責任的羅家是應該受法律懲罰的，是不是，潘警長？」

潘森顯然並不讚許她對他的這一個問話；他不迎合她，把頭擺回來，注視在他面前垂頭羞怯的美霞，他的眼睛再觸到了那些手臂上的紫色傷痕。

「站在我的立場，我是不贊成這種控訴的，這樣做對美霞沒有好處，妳僅僅是想挽回做母親的面子而已，這個我是瞭解的，可是這使她損失太大。」

「那麼你的意思要怎麼辦比較好，潘警長？」

「那是妳們的事，不過，我想還是嫁給他是最好的了。」潘森警長說。

「我還是要控告他，我不能忍受。」

美霞聽到她的母親嘶喚了起來，像受到閃電的襲擊一樣地震跳一下。

「這樣做，我告訴妳，恐怕會成為一種笑話的。」

潘森警長站起來警告她說。他看一看手腕上的表，他的動作顯示著要送走客人，金妹和美霞走到門口，潘森再補上一句：

「這件事最好是雙方冷靜地商談。」

媒婆阿里由鎮上步行趕到北勢窩，一路上她自覺好笑，前些時她是代表羅家向曾家提親，事情不成，現在她反而代表曾家向羅家說親了；同一件事，弄得她也自知是個諧戲的無聊的婚姻掮客。她是個天生的步行家，乾瘦如男人的高大身軀，經常穿著整齊的黑色古裝，

走路時上軀前傾，棕色的面孔，像永遠沒有憂患降於這寡婦的身上，從她的背後可以看見早已為女人家捨棄的插著金簪的結實圓形髻。冗長炎熱的路途，迎著她的是遍地的綠稻，放牛的孩子們看見她撐著黑傘向林子走過來，都知道那是什麼事，已經搶先去通報了。

岡市看見阿里的登臨，笑嘻嘻地迎著她，心中預覺報復的日子顯現在眼前。阿里受到岡市的好款待，阿里說出她的來意，這個早已被岡市猜著了。她們私談了整個下午，也因為黃昏時再趕回鎮上可避去了午後的烈陽。當阿里晚上走進雜貨店，仍然在金妹的臥室談起她帶回來的口信時，她慣有的沙啞乾燥聲音顯出有些差異。

「羅家今年已經沒有時間再由農作物上撥出來辦理這件婚事的閒空，岡市也這樣說：他們耕作也沒有鎮上的人家一般富裕，田稅是年年要繳納的，這件事也要預先準備兩三年呢……」

「說是說了，她可能敬重你曾家，她說要給對方太沒有面子是不應該的。」

「妳沒有特別在這一點上說我不計較嗎？」

阿里搖搖擺擺地走了。每當金妹為美霞的事遭到阻難，晚上，她便在樓上那間幽黑的臥室鞭打著她。金妹在她所處的環境中，帶著虛榮般的尊嚴來愛她的兒女，她鞭打著她，想從那個懷孕蒙羞的肉體挽回這份莊嚴而又無知的母親的報償；她幾乎每一次都想鞭死她，以完結她自己的苦痛和羞憤。她的美霞自從由新竹回到楊鎮就一直在瀝血，從開始，她的傲慢和驕橫獨斷就選擇了這條崎嶇的道路；她自己每一次都為鞭聲震驚顫抖，鞭聲由那個佝僂的背脊傳到她的心坎，血一滴一滴流著，從她的心以及從那皺扭的背脊上，可是她不能停止，直

到她那位受命運擺佈的可憐少女昏迷了過去。樓下各處都響起怨責的吵聲，一陣接著一陣，家族的喧鬧遂又開始了它騷亂和不快的一幕。

至於媒婆阿里，已經和金妹清楚地約定，不管婚事說成或說不成，來回從鎮上到北勢窩的辛勞，是一定要酬報的，因為這一件親事已不比尋常的親事了。

三

自從美霞肆意的嘩笑，以及她不停歇地自創舞步，成了許多人的笑柄後，她唯一能震嚇羅雲郎，揚言要飲下一瓶農藥的藉口也失效了；羅雲郎以為她僅僅是想對他和許多人表演不停口飲下一瓶汽水，裝模作樣地嚇唬他們而已，像在許多人面前表演舞蹈一樣；黃昏的時候，農會的職工下班之後，年輕的男女們依樣集在那間寬敞的休憩室，美霞和他們都在跳舞，有時晚上也在那裡，羅雲郎也在那裡，但有時他會避開，當他看見她要比那些人更瘋狂地舞動著時，且隨時要教他們她臨時想出來的花步的時候。她總是隨時隨刻注意他，她瞥視到他的離開，便像著魔一般騷亂了起來，她身上的花裙常常揚展開來，像一張打開又翻過來的傘布，把結實凸出的腹部露出來，她的姿態彷彿要儘量地抖動那個滑稽的半圓型腹部，要使它從裡面滾落下來似地，直到使大家都感覺到過份的難堪。最後，她狼狽而失望地獨自走到外面的階台，深深地嘆著氣，抬頭望著那雜貨店樓房在夜下的醜惡模樣，一陣恐懼和怨惡掠過她沉靜下來的蒼白臉孔。她整理一下衣裳和由新竹回來後已經更加延長的垂直的頭髮

——要是不，在暮色中，在月亮的虛幻映照中，的確酷似許多人描述的那種模樣——之後，像一個溫馴的少女走進家門。一會兒，在樓頂間，間隔地，尖刻的咒罵和淒惻的鞭條聲交疊地傳出來。她已經學會在疼痛時不哭號，面部的表情平靜得像周圍從來沒有發生什麼事，她跪在地板上，眼睛望出窗外的藍天，凝注著某一星辰。鞭條再度打在她赤裸的背脊上，那些舊傷疤裂開，再度滴血，每一次鞭抽下來，像雷電掠過她心胸，迅速而辛辣。那位獨眼的父親漸漸察覺到了，他走上樓梯，從那位洩憤的女人手中搶奪了鞭條，強拖著她下來。當她被遺留在那邊，她才撲倒在地板上發出微弱抽搐的嗚咽。當許多人不忍當著她的面稱她為瘋女，但要是正巧當著羅雲郎在場，故意嘲笑他，指著有這樣的一位女友時，那是簡直對他的一種巨大的刺戟。他在這種情感的抗拒中，唯一有效的是他母親岡市昔日對他所說的怒憤的警告：「他們拒絕我們，記住，他們在對我們卑視。」這也是他的母親不允許他的請求漸漸感到抑鬱的原因。於是，他哀憐她的感情就被這種記仇的憤怒淹沒，以便脫去當前難忍的羞恥和懦弱，並且，他安慰起自己的時候，就憶起他也親眼觀察的，她那種的確像他們對他說的那種樣子，因此，他逐漸地冷酷起來，從不再把她的話當作是真情話看待。

有時，她會忍不住跑進他的臥室，要求他和她再度媾合以求解脫。在平時，在大眾之前，羅雲郎總是在羞憤中隱退了他對她的感情，這一刻，他再度單獨擁抱著赤裸的她，他會對她說：

「請妳不要那樣，美霞，我快要想出辦法了，但不要激怒我，我請求妳。」

「我到底變成怎樣了，雲郎，告訴我，我做錯了什麼？」

「請妳不要再跳了。」

「無論如何我要，否則我快要悶死了。」

所以，他只有矛盾地在他的臥室怯怯地和她做那一件事，在公眾的地方，他便不再理會她。那一天，距今有三個年頭了，午後五點鐘，農會的休憩室像往常一樣集著那些年輕的男女們。電唱機的開關被扭開，放下了唱片，羅雲郎沉默地埋在沙發的一隅看一本新書，其他的人同時看見美霞笑著臉孔進來，羅雲郎連頭都沒有抬起來。美霞的左手藏在裙裡，像藏匿著女人們喜愛的偷來的東西，她和他們打招呼，一如往常的樣子，她走進來後一直不停地說著話，好像心情很好。當她從裙子拿出玻璃瓶時，大家都笑出聲來，連她都傻傻地跟著笑著。羅雲郎更加抑制自己不要抬起他的頭。美霞握住瓶子走向他，讓他看清楚那隻農藥瓶子的標紙。

「羅雲郎，你看。」

他沒有抬頭。

「羅雲郎，你看到嗎？」

他抬起那張十分羞憤的面孔，嫌惡而帶著指責的眼光瞪視她，同時向休憩室的人掃視一下。

「妳想做什麼，想死嗎？」

他憤怒地說。

「是的，我要喝下它。」

她頗為冷靜地回答他。全室的人再度笑起來，連她也被帶著笑出聲來。

「不要激怒我！」

他怒吼了起來，但馬上沉默下去，低下他的頭。

「我要求你……」

「什麼事？」

「……在大家的面前……」

「怎麼樣？」

「……說你愛我。」

他沒有理睬她。

「否則我要喝下它。」

又一陣讚美似的笑聲。她走開，退到一張桌子旁邊，把玻璃瓶中的液體倒進杯子。屋子裡籠罩著觀看表演的興奮情緒。她手握杯子，把身軀倚靠在桌邊，對著角落的羅雲郎說：

「你要說嗎？」

他依然沒有表示。

「看著啊，我要一口飲下它。」

他再度抬起頭，而又忍耐地低垂下來。

「你是個懦夫，羅雲郎。」

她有些激動起來，許多人喧鬧地等待著。

「你只會在我身上得到媾合的快樂，但你還是個遺留在這個時代的標準懦夫。」

她最後說。

那些旁觀的男女們又掀起一陣快感式的歡樂聲。她靜停了一會兒，等他依然沒有任何表示時，舉杯到唇邊。她的眼睛從那個透明的玻璃杯專注那個變成不合比例的羅雲郎的人影，等候著他有任何悔悟地表示，幾秒鐘過去，然後她像飲開水一樣地灌下最後一滴的時候，她的喉頭咽了一下，面孔浮出從未有過的哀怨的表情。許多人從沙發裡站起來，拍著掌聲，爭論著說那是汽水——開過蓋子後沒有汽泡的汽水，其中一位女孩子上前拿到那隻瓶子，在鼻下嗅嗅那味道，一股麝香和漬漬沉沉的藥味撲著她的呼吸，她大聲喚道：

「這是真的農藥——」

「真的?!」

大家齊聲喚出來。羅雲郎的面部邊然縮成一張彷彿蒼白的狐狸樣的面孔，他躍起來，撲向嬉笑的美霞。她開始逃避他，在一張巨大的方桌旁演著一幕追捕的遊戲。有幾個人因怯懦驚慌地奔出門外，女孩子們在巷口大聲叫喚著，有一個少女跑進雜貨店。羅雲郎爬上方桌，她卻由一道門逃向農會的辦公廳，幾個人在羅雲郎的要求下同時衝進辦公廳追捕她，最後她突然因一陣腹痛而跌倒在一張椅旁。

謝醫生宣佈灌腸無效，美霞赤裸著下身，躺在手術台上，高高地隆起容納六個月大的胎兒的肚皮。金妹當場昏倒在手術台旁邊。潘森警長衣著整齊地也趕到了。整所平時靜穆清潔的醫院，擠集了許多觀睹的男女，鎮上的人們來來往往，把外界和手術房之間當成一條自由的走廊，他們全都帶著一些泥沙留在醫院的地板上，留下了他們好奇的感傷的甚至是批評的

濕濕的腳印。羅雲郎被潘森警長帶到警局裡。

半個月後，葬禮也過去了，羅家和曾家的人都重新恢復了平靜。媒婆阿里又出現在雜貨店，她在北勢窩和楊鎮之間來回地奔走著，而且事情迅速地具體起來。有一天早晨，兩家的人約好會集在潘森警長的面前，討論起婚禮的事，堅決地要潘森警長根據那天黃昏在場的人的確實口供，判了美霞是自殺，羅雲郎除了道義外，刑法上是無罪的，所以羅家的人要謝他，送禮潘森警長弄得啼笑皆非，自己都沒有主意。這是因為潘森警長也充當一名介紹人，把給他沒有確切的理由，只好叫潘森警長當介紹人贈給他一筆豐厚的介紹費。阿里依然是雙方商定的媒婆，且擇日安排了迎娶的日子。農曆八月十五日中午，羅雲郎打扮成新郎模樣，領著一頂花轎和羅家的親戚趕到雜貨店門口，隨即曾美霞死後安設在供桌上的神主牌，就當做她的本人一樣送進轎內，用著紅色緞帶綁牢在坐墊上，搖搖擺擺地抬回北勢窩羅家的農莊去了。

第二天，羅雲郎攜帶著一個包袱——裡面就是美霞的神主牌，來到楊鎮的火車站，準備啟程赴東部旅行，以便履行美霞和他的心願——死也要去那個地方走一趟。羅家的人和曾家的人都站在月台上看著他乘火車離去。

真實

有一個農夫乘著夜晚霧濃，肩上扛著一包蓆捲的重物，來到荒郊立在一口已經撿完了骨骸後留下的塌廢的墳坑的一端。他既已到了這種地步，便顯然沒有剩下來的氣力再向堅硬的土地，另做一番慎重深挖的勞動；一整夜，他受著她手板膝跪的求情，和自己一經開始便不能歇止的狂暴的運動；這種不能順逐的，像在一個劃限的界內（事實上是一間預先密閉的臥密）捉迷藏，刺到時她還是要想方法掙脫，就是這種頗費手腳和浪費時間的刺殺，使他用盡了所有全身蓄備的體力和精神。他任包裹在草蓆裡面的體軀從肩上滑落下來，用腳踢推著，使她滾進沙與腐木的淺坑的中心，他急亂地使用雙手扒著兩旁鬆軟的沙土，就這樣草率地埋掉了二十五年來法定的髮妻。

到這個時候，他已經完全知道自己現在在做些什麼事，他的心裡急著想離開這座荒涼山丘；一個在平時從來不怕狗或不相信不實在物存在的男人，突然頃刻間起了寒顫，似在擔心

被一直在遠處螺鳴的土犬發現而追躍過來。他離去後不久，薄薄淡白色彎刀般的月亮，在霧散後出現在西方的天空；事實上它的存在不容易為肉眼尋到。晨曦的曙色使山丘的那一塊地方浮出半段像脂油一樣細白的腳板，斜擺一排，塗成粉紅色的指甲，遊戲著開始直照大地的陽光。

一對年輕的夫婦乘火車抵達了通鎮，走在女的背後的這個男人的心臟急遽地跳躍著，事實上他被強迫著去做一件臨到關頭的事，內心懷著懼慮和憤怒的複雜情緒。這個女人的腳由車門的踏板落在鋪著碎石的月台，就轉過身朝著他抗議著：

「你欺騙我。」

但是，她帶著很大懷疑的外表，還是因為這是一個陌生土地而內心感到異常的興奮。她繼續說：

「這個地方，沒有你說的那麼美麗。」

「還未到那裡妳是看不到什麼奇景的，而且現在還是白天，要等到夜晚。」

這個男人勉強地解釋說。顯然他曾向她描述了一處什麼美妙的奇景，為了目睹它這種理由帶她降臨通鎮。這個男人的外表像是一個體力不能負馱他所做的工作的工人般沉悶憂鬱，像懷著一樁抑積許久難能使人猜測到的心事。

「為什麼從來沒有人公認這裡是美麗好玩的？」

「公認的美不一定就是美……」

當他和她走出車站，坐在街上的一間冰菓店休息喝飲料的時候，這個男人的注意力逐漸地集中在一件突然在當地發生的怪奇的事上；圍坐在另一桌的許多本地人們紛紛傳說著：一隻赤牛異乎尋常地不肯在早晨越到原來放牧的那塊山坡草地，這隻畜牲既使皮肉遭到牧童殘酷的鞭打，在岔路口居然頑強地要隨牠自己的意思走著那一條通往墳地的徑道，帶引著拖拉的力量終於抵不過牠的體重的忿怒的牧童，去發現那段斜插在土地的女人的腳板。

「這裡像發生了什麼令人驚心的事。」女的說。

「是一件擾人的殺人事件。」男的回答她。

這個男人的心裡突然跳出他原有的滯重的苦惱，精明而敏捷地變換思想著。

「誰殺誰？」

女的很無知地再問她的男人。

「誰殺誰？」

這個男人傾身轉問那些本鎮的人們。

「一個農夫殺了他的妻子。」一個聲音回答他。

「為了什麼事？」

「還不知道。」

外面街道上逐漸掀起一陣喧嚷，圍坐在桌邊的本地人們都站起來搶著走出去，站在開始密集著許多人的走廊上。這個男人和這個女人也跟著走出去，夾雜在蠢動的人羣之中。原來凶犯和警察的隊伍從街心走過。沒有威力的黃昏的太陽很悲憐地照著那個低頭沉默，膚色黝

黑的矮小的農夫。像迎迓現世權貴的人一般，圍在道旁的人們中，那些和死者站在同一地位的女性，朝著和巡查扣連在一起，並排而走的那個狠心的男人背後指罵著；捉到凶犯固然令她們歡欣，不過內心還是十分的不平和忿怒，一股不消的恨意希望死者的鬼魂在法律的懲罰之外，再實行一次徹底的報復。

「今晚，」這個男人突發地緊握著他身旁的女人的手臂，他的臉上重佈著一層新來的苦惱，聲音很細小地說：「我們不能去那裡……」

「為什麼？」

「妳能明瞭的。」

「好罷。」

「我們暫且在這裡的旅社住下。」

這個男人提議說，女的點點頭表示贊同，他又補充：

「相信今晚這個鎮上沒有人再做其他的工作了，除了談論這件殺案。」

他們相偕走進一家路旁的旅社，那裡圍坐著許多男人的情形，正如這個男人心裡所意料的。

的確，騷擾著這個鎮上的是這件殺案的象徵；普遍地夫妻間都有失和的現象，像瘟疫一樣傳染著。女人們的脆弱的神經都因此警覺起來，當她們咒罵凶手的同時，連帶與凶手同屬男性的丈夫混罵在一起。這種波盪的吵鬧輕率地把男女間和平相處的耐性撇掉了，突然憑藉一種外來的理由，勇氣地坦率指破男性在生活上的虛偽、野心和虐狂的臉目；男人在被激

怒後的反攻便指責她們本性的虛榮，本質上的禍水。很少有人冷靜下來批評這件事；整個情形似乎像是一個簡明的公式：首先是為了獲得刺殺親妻的消息，然後便陸陸續續地聽到某一家庭夫妻的吵架；追究起因，都是為了從談殺案開始的。在生活中，剛剛還是很和諧地在談笑，突然有一個人抑制不住觸犯了另一個人的自尊，整個情緒便開始扭曲改變了。即使剛剛還在批評別人這方面的無理性，一忽兒，自身也莫名奇妙地變得異常的暴躁。

在旅社房間裡面，這個男人拴牢了房門，慢慢如受難地走近這個女人，很親熱地吻著這個女人；他的曲折的姿態顯露男性一般被蒙羞的命運，他的內心對她懷著非單純情慾的複雜情感。這個女人一如故態，懶洋洋地躺臥下來，很緩慢地蠕動著她的軀肢，與這個男人熱烈而貪婪的要求露出對比。

第二天剛黎明的時分，這個男人輕柔地起身，迅速穿妥衣服準備外出，他沒有擾醒那位天性慵懶的女人的深甜的睡眠。事實上他自己也未曾有早起的習慣，要非內心掛記著一樁要知緣由的事；昨天這個鎮上發生的殺案，使他墮入一層很深沉的很疑難的思考，竟至把帶著她來鎮上的目的的祕密的心事動搖了起來。現在他對這件殺妻案產生著好奇以外的很切身的關心，他像要在這件事上學習著或發現著重要的道理一樣。

他步出旅社門口，看見走廊上幾個穿睡衣套木屐的男人圍著米乳擔蹲著，一面吃著沾米乳的油條，一面傾談著。這個男人稍微佇足傾聽一下，在那些零碎的口述中，對凶手的膽量的一致的讚嘆，竟掩蓋了去憐惜昨天那個在現場表演中被擺佈著重新殺戮一次的女人……。

他在那些瀰漫著沉沉的灰霧的街道漫遊著，遇到有人聚集的地方就靠近去諦聽那些口

述……。

據說：這位殺妻的農夫幾天之前，就公開地在農舍屋後的樹下磨刀。也說那兩把尖刀是當年這個男人會有一種殘暴的牛販性格的證據。還有一個路過農舍的近鄰（最少也相距兩里路）的農夫也說看到他蹲在樹蔭裡磨著兩把刀。他曾停足立著和他開玩笑，他抬頭對他說了一句令人不能置信的話，當時這位過路的農夫並不在意他說的事，覺得這位平時待人熱忱的農夫富於幽默感，以為絕對沒有那麼真實把殺妻的事預先誇吐出來的荒唐。他相信那兩把浮滿粗刺的紅鏽的屠刀，要是不再琢磨，就可能永遠腐掉。相信誰也沒有這等聰明的經驗在當時就能能判斷這位農夫的坦率，完全是一件不移的真實。這位農夫後來談起那個農夫的冷傲，會由心底發出冷顫，搖頭讚嘆。就是那位親自被殺的女人，據說也一點不加以提防，大概以為那兩把光閃的尖刀只是威嚇的工具。那個農夫視錢如命是這個女人早就清楚的，他的狡計為的範圍，二十五年來從未變更，直到第一刀刺痛她的手關節，她才悔悟自信是一件不能挽救的錯誤……

到此為止，這個男人還是未獲得至為重要的真確的內容。可是他能猜想，傳說者也都在那裡百般猜想。

那位殺妻的農夫從二十歲至四十五歲之間，在通鎮的生活，給人們的印象是勤勞和嚴屬教子的楷模。那實際上向警方報案的人，就是那位在他的殘酷驅使下萎縮而悶默的可憐的兒子。人們當時都這樣對剛要長成的孩子說：「看看阿福來罷，如何地溫馴，一點也不敢惹惱他的父親……。」或者論：「你如何地幸運啊，看看人家阿福來整天的操作……。」

可是他為何要殺死在別人眼中看來是他異常疼愛和尊崇的妻子呢？因為這個女人的不貞嗎？這種猜想確實是大有可能⋯⋯

這個男人由此產生著對凶手的同情，他想要會見那個農夫，祈望由他的口中親自道出這事的真緣。

他步上警局門口的台階，問詢那位在門口值勤的警員：

「我想與那位農夫晤面。」

警員疑問地望著這個央求的男人，對他搖著頭說道：

「你看不到他了，天亮以前已經押送法院。」

他回身離開警局後，在街上買了一份日報，他翻閱一下，除了報導這件新聞外，對他所知的來說，沒有進一步的消息。

他浮起一個新念頭，走回旅社，看到他的女人已經醒來，但還躺在床上。他彷彿有一個快樂的心情，對她微笑，小跑著趕到床邊，把整個身體仆俯在棉被上，摟抱著她突然豐盛幾倍的身軀，毫不停口地吻著她睡足而鬆軟的臉孔。

「我有一個新打算告訴妳。」

「什麼打算？」

「這裡有一個小海水浴場妳知道嗎？」

「我一點也未聽聞──」

「是日據時代官廳的休憩所，因為位置偏僻，知道有它能來遊玩的人並不多，我打算我

們在這裡泡幾天的海水，怎麼樣？」

「這原來是你的詭計。」

「妳不樂意嗎？」

「我正樂意如此，不過，你所謂的奇景呢？我早就知道，那裡有什麼奇景。」

「當然，世界上那裡有什麼奇景，要是有，大概都是個人心理上的一種幻覺罷了。我說是；你說不是；有關世界的奇景都是這樣的情形。」

她推開他，這個男人翻仰在旁邊，當他的眼睛瞥視到從棉被裡翻躍起來的，那沒有遮掩的赤裸的肉體時，湧現出一種厭倦的苦惱。

「你這個大騙子！」

他和她從躍騰的海浪裡走上沙灘，橫過一片長島形火熱的沙丘，赤裸的腳底踏在抵熱的草袋上。在沙丘的這一面，還有一條像河溝一樣的海水，這條無浪的淺水是海浴場指定游泳的地方，當漲潮時，水是由南方的港灣流進來的，退潮時，是一片無水的濕地，但是游泳的人們一伍地散步走過它，到沙丘那一面的海洋沐浴。現在他和她走回來，這一條河溝已經漲滿了海水。走到淺水的地方，女的腳尖玩波地踢濺著清澈而溫熱的海水。男的在一度奮勉的運動和嬉戲後，很沉默地舉著腳步。他們這樣走過來時背著午後的斜陽，這個男人有著一張不英俊的憂鬱的但馴良的面目。女的感覺男的腳步突然落後了，擺頭注視他，把他的手牽在手裡搖擺著。

「你在想些什麼?」

被她詢問,這個男人很慚疚地對這個女人微笑。

「沒有。」

「疲倦了嗎?」

「有一點。」

「為什麼你會想到來這裡遊玩?」

「我說過,這是我突發的靈感。」

「你有時對我好,有時對我壞。」女的說。

「由這一點,我實在不能猜透你這個人。」

這個男人沉定地看她一眼,沉默著。

「我可能是這樣。」

「你的確是這樣的。」

「我不能平衡自己的感情。」他羞愧地低著頭。

「為什麼這樣?」

「我不能對妳解釋清楚。」

「你忽快樂,忽憂悶。」

「我記得我們結婚的時候,我是快樂的。」

「你那時簡直是一個天真爛漫的小孩。」

「我現在到底變成什麼樣？」

女的再看他一眼。

「好像是……世界已到末日。」

「假如我不是常常為生活離開妳，我想我還是那樣快樂的。」

「我並不責怪你，我很愛你。」

這個男人感覺她在說謊。

「我也很愛妳，這恐怕是痛苦的原因。」

他們已經走到海水淹沒到腰臍的位置。

「不要再說了，我們游過去。」

女的先撲到水面上，男的眼睛投注在她那曬紅的浸著水會閃耀的肩背，他繼續走到水深的位置，才尾隨她的後面游去。

彼岸，海水浴場的房子的南端，是一長列無盡的麻黃樹軀幹高大的樹林，地面浮著半弧形一墩一墩起伏不一的細白柔軟的海沙。這個男人在游泳中，每一次由右邊抬起臉孔換氣的當時，便瞥視到那一羅列無人行走的海邊樹林的遠延而去的部份。

後來，他的速度降至與女的平行，雙雙濕淋淋地喘著氣走上沙灘，看起來是多麼和諧甜蜜的一對。

這一晚，他把他熱烈地愛她的情感，覆轍於前夜曲折的姿態。

報載：殺妻者農夫向法院訴說，他是因為不能忍受長期的羞恥才下手殺她的，法院相信了他，判決很輕的五年監禁。

農夫花了一筆很大的錢請一位能力高強的律師做辯護，法院完全信賴證據，因此一切都有利於他，而且那位被傳叫到法院的，被指控為姦夫的男人也承認了他這方面的事實。這種坦白也許是為了他鍾愛如許長久的死者，為了撫慰她的靈魂和表現自己的一種天性的溫良。通鎮的人們早期都相信這位農夫會由赤貧的牛販變成百萬富翁，是經由他一手的勤勞和節儉，直到這位被指認為姦夫的男人道出了久遠的一樁祕密。法官們和民眾對他說的這件敲詐故事頗感興味，可是那位當時請來替他們雙方執行和解的人現在在那裡呢？那位唯一明瞭這件事的人一定要到法院來作證，可是這個人懷著這樁祕密已經離開人間十年了。無論如何，法庭本身不能採信姦夫單方面的無憑無據的故事。法官們最後對這位自述故事的男人的坦白和溫良認為是一種不確實的事。根據他們的經驗所知道，凡是到法院來的人都儘可能狡點地說謊，把法庭當作一種生存的賭桌；就是因為人設計這架賭桌，於是任何人都可以前來賭注。就是因為法律的工具是科學的，結果是公平的，它是現世唯一的裁判者，人們便把自我的一切裁判權移交給它了；勝負皆靠著運氣，靠著瞭解法律；在法律之前，善良是一種力證，犯罪也不必害怕。而且法官即使能洞察出事實的真態、人的善惡，但靈感不是他的依據，唯一依據的是法律。

這個男人把報紙挾在腋下，繼續在早晨有霧的街道上散步，他心裡有意把這種漫遊延續

到永遠，於是漸漸走出市區，在一條寬闊的郊外大道旁邊走著。因為太陽還未把霧驅散，這條公路的靜寂很吸引了這位墮入思索的男人。他讓自己的兩隻獨立行走的腿不停地往前走，再沿著一條岔路，很意外地走進了一座弧形的荒涼山丘，他發現到路旁的第一個墓碑，才領悟這一帶是這通鎮的公墓土地。

當他再往前行走時，便遇見了兩個工人正在豎立著一座新的大墓碑，一位衰老而矮小的男人，穿著很講究的衣裳呆癡地望前著面的隆丘。他走近他們，懷著疑問，但看見碑上的名字才頓時明白，原來這位衰愁孤立的男人就是報上報導的死者的多情的情夫。

他發現這位衰敗的男人有一種害怕別人知道他有一張羞憤的面孔的措舉，很機警地轉身背向他。他於是走開那裡不想干擾他，但卻在距離不遠的地方藉著徘徊觀察他。一會兒，從霧中走出一個萎靡不振的青年，聽到他對他喚著：

「阿福來，你把香、金紙帶來嗎？」

這位被喚為阿福來的青年，即使照辦了這件事，卻不願實在回答他，只是放著一種很不情願受人指揮的怠慢的腳步，走近剛好墓碑的墳前。他把一個布巾的包袱放在地面上，打開巾結，拿出應用的東西。那位哀傷的人蹲下開始點火燒香，兩個做完工作的男人站開一旁，那裡漸漸繚繞著一種無以言語的傷感。

他看出那位名叫阿福來的青年，是一個改變中的男人，有著由壓迫的自卑中轉換為驕傲自大的性格。這個男人在離開這座山丘往回鎮上的時候，又聽見那位悲傷的人對他說了一句話，但卻沒有聽到阿福來表示承諾而理睬他的聲音。

他回到鎮上的旅社，走上樓梯，驚訝地發現佐助完全出乎他意外地在他的妻子的臥室裡。他的女人居然毫無諱忌地還穿著薄薄的褻衣，而看到他開門踏進來，才加穿了一件晨衣。他內心裡這樣感想著：妳這個賤婦啊，我早就辨清妳隱藏的賤相。

這一天的中午，太陽依然在海岸的上空傲威地照耀著，他和好友佐助由那一頭沙丘走回來，兩個人並肩地在只是濕的河溝上走著，漸漸走向木麻黃樹林下浴場的竹棚這邊來。這個男人心裡忍受不住了，陽光燒熱他的頭殼，他的意識開始昏昏沉沉。他一天中所表現的好脾氣——溫柔和禮貌——那是他內心在忍耐和抑壓。現在他爆發了。

「佐助。」

「嗯？好友。」

「我不想追究你為什麼會來。」

「我已經說過了我的理由，好友。」

「那個理由是你捏造的。」

「你不相信也好。」

「你是為了遮蓋某人，才說了那理由。」

「某人是誰？」

「你又在裝假？」

「到底某人是誰，你這個懦夫，」

「她不在這裡……」

「說啊，某人是誰？」

「還有那一個是某人，在我們的關係中？」

「好罷，就算我知道。」

「你早就知道。」

「我要告訴你一件事……」他又說。

「說啊，你看起來有點奇怪。」

「她曾經對我發誓。」

「她發什麼誓？」

「她說假如她違背了盟言……」

「怎樣？」

「她要讓我碎屍萬斷。」

「這與我有什麼關係？」

「你的情感我是一向瞭然的。」

「你大概沒有考慮到我會有什麼情感。」

「我是一個懦夫，這是你說的。」

「說這話幹什麼？好友。」

「我總不能不對您有所警告，佐助！」

「你是知道我從不接受任何的勸告。」

「我還是要警告你，佐助。」

「這算什麼朋友？」

「佐助，我從未受您的任何幫助，但你卻從我處掠取了一切，你自己算什麼朋友？你是一個現世得勢的人，我是個失勢的人，你還要凌辱我⋯⋯」

「你這麼大的反抗情緒是為什麼？」

「你自己心中明白，卻還要一口否認。」

「算了吧，好友。」

「你當然是在勸我投降。」

女人由竹棚走出立在一棵麻黃樹下的陰影裡，眼睛審查走過來的兩個一矮一大的男人。

兩個男人走近時，她對那位高大英俊的男人招呼⋯

「佐助，怎麼樣？」

「很好。」

「完全沒有意見嗎？」

「我覺得這裡的海水特別鹹。」

「明天你便會習慣的。」

三人同走進竹棚裡面，圍坐著一張四方形的木桌。他們一面吃飯，一面討論著。

「殺案有什麼新發展？」佐助問。

「已經結束了。」女人回答他。

「結果怎麼樣？」

「是一個卑鄙陰險的惡漢，與一個情癡的善良商人之間，夾著一個無知的女人的長期的戲劇。」

這個男人突破自己的緘默批評說道。他算清醒過來了，他剛剛的沉默彷彿在悔恨自己在陽光底下與佐助爭論的那回事。

「能維持如此多年是不可思議的。」男的說。

「看起來很好玩。」佐助說。

「結果卻是悲慘的。」男的說。

「什麼傳說？」佐助表示了興趣。

「剛剛這裡有一個傳說。」女的說。

「他們說那隻赤牛……」

「赤牛怎麼樣？」佐助又打斷了她。

「那個失魄的牧童不敢再接近了……」

「以為只是附了死者的鬼魂和當時對他的不馴的懲罰，認為稍過嚴厲了罷？」佐助表示他的感想。

「所以那隻牛被多年駕馭牠的農夫牽到鄰縣賣掉了……」

那個默默吃完飯的男人站起來，走向盥洗室去，撇下他們兩人繼續熱烈談論著殺案拖下

的餘波⋯⋯

二男一女終於乘著夜色的寂靜，穿著寬敞舒適的衣服，向著這個男人所說的奇妙的景致的所在散步而去。這一條漫步的路徑，是由一條公路走到一條乾涸的沙河，由沙河下游爬上鐵道，再由鐵道橫過一片廣大的石頭荒地，抵達海水浴場南端無人的麻黃樹林。到了那裡海霧湊巧已經上升了，不能查覺它有變化的靜靜的霧靄充滿在那些高大的巨樹之間，那裡成為一個純化了的灰白的夢境，有如一個奇妙的世界。

這個夾在兩個男人中間走路的女人的腦中，憑著經驗，正在忖度她的憂鬱的丈夫，今夜要比前幾夜可能更加狂烈的性慾。他們停足在一座被厚沙半埋的鋼筋水泥的碉堡，女的坐在上面休息，以很奇異的眼光望著兩個男人。很奇異地，在這裡說話的聲音只停留在那個特殊的空間，不致飛揚到森林之外，好像他們是處在一個真空的玻璃缸中。在真實的玻璃缸中，那有許多為事情是很方便的，最好不要透明，不是嗎？許多罪惡都在灰暗中進行。

「但這樣的地方能做些什麼事？」女的微笑著，很疑惑地看著她的男人，她的丈夫沉默不語。

「這是一個天體營的好場所。」佐助觀察後這樣說。

「這裡離海水浴場大概只有二哩路罷。」女的說，她的表情很喜悅。

「晚上絕不會有人到這裡來。」佐助說。

「裸露是一種奇妙的感覺。」她朝向她的男人說：「你的意思怎麼樣？」

「毫無疑問地，束縛到今天，心裡無不響往純真和原始……」這個男人這時才快快地說道。他說完旋轉身體，緩步離去。這時，那個女的和佐助彷彿有著預先的默契，交視一下。

「我想獨自走走。」

「等一下，你想去那裡？」女的追問那個離開的人。

他沒有轉回頭。

「我想說一句話，你能轉回來嗎？」

他聽他的話轉回來碉堡的旁邊，他深沉的眼睛朝著地面注視。

「我們何不真的在此地裸露。」

她對他說道。

這個男人對東方平凡的女性會想建立起以她們為中心的倫理系統並不感到訝異。

「這種想法很相似我的初衷。」他坦率地說。

「啊，佐助，你的意思怎樣？」

「當然我奉陪你們。」

佐助佯裝著有些羞意。

「那麼誰先脫，在我們現在的情況？」女的問道。

「建議的人先脫。」佐助故意這樣說。

「這樣不公平。」女的搖著頭，但她快樂興奮的表情並不表示真的在抗議。

「你們沒有看到這是不公平嗎？」

這時那個沉默的男人已經脫下了上衣，然後一件件地像蛻皮一樣地解開來，暴露出一隻不高的醜陋的猿猴一樣的軀體。這個情形，使那兩個靜默觀看的人感到羞慚，他們對他深表意外，只得效法同樣把自己赤裸地暴露出來。佐助強壯像巨獸般高高聳立著，而那個女人只不過比一隻母狗稍微莊嚴一些而已。

此時三個人都無話可說了，語言已經失效，離開堆放衣物的碉堡，開始他們幾千萬年前在混沌的大地同樣的漫遊。

所不同的是現在他們能對這種情況加以設計，有別於無知的年代。幾千年來人類在智力的表現就是為繞了一圈再回來原始？之間經過無數的制度，努力和犧牲。今天人類要那樣表現他自己，是經過一番大努力探究了真相。人即使再怎麼自我稱讚他自己具有神性和靈魂，他仍不過是動物的一種。實際上真正推動它生命的仍然是各種簡陋的本能，理想跟盼望只是一種修飾。

那個矮小像猿猴的男人把他的手臂伸展在女人的肩膀上，彷彿對她表示了他對她的親愛。

「我原是設計帶妳來此地殺死妳的，然後嫁禍於妳現在的戀人佐助，但碰巧我們來時遇到此鎮的一個醜惡的殺妻案，觸醒了我隱懷的罪惡。我殺妳畢竟無補於我受的侮辱和損失，而且還加了一層莽夫的印記。除了妳自己想永保一項忠貞的原則，別人是沒有權力強迫妳要

這樣去做。法律先時賜給我有這一專制的權力束縛妳，但法律它自己是什麼玩意？也不要去引用《聖經》，《聖經》是一本充滿恫嚇力的書籍……我是一個決定在此時與妳和佐助分手的人，因為現在我已經不再愛妳，也不再和佐助稱兄道弟。」

「既然如此，我們也不必合力殺你。」

佐助牽著女的手對這個男人說。

這個男人蹲下來坐在樹下，背靠在樹幹上，很疲勞地休息著，女人和佐助回到碉堡，穿上了他們的衣服，走出樹林。

跳遠選手退休了

我們條件談妥了，你們回去，也告訴所有的人，要他們不要再干預私人的事。

一

一個初到城市來的青年，在城市中心的五樓租了一間單獨的房間。他的身體很疲倦，心裡很恐懼很寂寞。他也不知道有什麼理由要拋掉他以前的生活環境；他像一株被洪流漂來的草根，擱淺在一處寬蔓的河岸；沒有人確切會為了什麼這樣做，總是時間在往前推進，無能阻擋自然的趨勢。

初到之時，他去訪晤幾位朋友，到附近的郵局去寫信給遠方的親友們。他還未找到職業，也不知道將會獲得什麼工作機會。他和朋友們在一起以便度過這些閒空的時間；朋友們

以盛情款待著他：請他吃飯，帶他去看戲，帶他在四處遊覽，讓他熟悉這座大城。他們一起去遊樂去喝酒，但他並不快樂。疲倦和煩躁的重壓使他終於無法負擔，他藉故告別了他們，回到租賃的房間睡覺。他單獨一個人在屋子裡，反而覺得自由適暢，他臥在簡陋的床上，很快睡熟了。

酣睡了二三小時，他的意識漸漸被一陣一陣陸續不斷的激昂的呼號喚醒。睜開了眼睛，幽黑的夜色在大落地窗外與他面對著，星星與他的距離份外地接近，閃著奇異的小光芒，像是伸出手臂便能摘擷到。他聽到貓類的咪鳴近在數尺之內，聲音十分的狂烈和憤怒。

他躍跳起來，衝出的身體被兩朵綠色的電光煞住在落地窗邊，與窗齊的貼近過來的屋頂上豎立著一隻黑貓，狀貌狂暴，無畏地與他敵視著。他在這片刻中膽寒了起來，退身找到一隻長柄掃帚，開窗揮打牠。這隻黑貓伸長牠彈性的身軀跳開，溜進黑暗中消失了。

經過這陣心旌的騷擾，他的睡意完全喪盡，他留在窗邊觀賞與心境不謀而合的幽寂的夜色。在他眼前所有的都是黑色的世界中，很迅速地就被遙遙數丈遠的一口相對的亮窗吸引。

但他的眼睛並非被普遍皆是的亮麗的光層所擒；那魔惑著他的卻是窗裡的一組動人形態。這個發現，解答了他心中的一個恆久艱難的問題；他窺見了「美」，窗框內的線條和色塊並沒有確切構成現實的某物，但它的組合卻足夠曉喻了意義。

轉眼間：當他走入廁所再轉回來的時候，天色已經曉白，城市揭去了黑巾，顯露它坎坷波折的原形，視野內的許多類同的窗框，辨不出那一個確實匿藏了那個「美」的事物。

二

數天後，他獲得了在物產公司工作的機會。他的人緣很好，外表有著體育家的英挺風貌，他和別人一樣懂得修整和清潔自身，他也博得許多女子們的愛喜。

但是夜夜他終必目睹那幻境；當狂嘯的貓鳴把他吵醒後，他便躍起來趕走牠且憑窗凝望。白日裡因為工作，他幾乎完全忘掉了這件事。

有一個星期天清早，他到可能的許多許多棟樓房去查訪，人們對他的無邊際的形容不得要領，對他那不可意指的事報以諷笑。朋友們在他的屋宇裡守候整夜，終究一無所見。

他的見解無非與孩童看見月亮裡有兔子春米一樣的荒謬。

他不相信沒有這個事物存在，他感到這些朋友顯見的不能與他的心靈相互交通。他們解釋說：人類的理想是有的，樣樣都是可達之事，一切的名銜、金錢和享樂都能以辛勤的工作換得；人人這樣做，信守為生活，而且這樣做感到無比的滿足。他們紛紛對他警告著。他陷入於沉思。他的痛苦促成他要獨自去造訪的行為。

跨出窗檻，躍在黑貓慣常站立的所在。他在那些互相銜接的屋頂上，上上下下走著，漸漸趨近了那口亮窗。直到相距數尺的時候，一個深黑的巷術阻住了他。只要他跳過眼前的缺口，有一個小小的陽台可以承接他的落腳，那一口亮窗就在陽台後面。他立在那裡。仰望它，讓色和線的組合在他的眼前不可觸及的顯現著。

他沒有信心他有躍過缺口的本領。這個巷衖看起來異樣的黝黑和詭險，他的心被自己的意志和險深的情況之間的相互牽扯驚盪著。害怕終於使他感到軟弱，他轉身往回走，跨過窗檻，回到屋子裡。

一會兒，他那不懈的意志，使他攜帶一根量竿，再度往前出發了。……

三

白日的工作結束，一進入夜，他換穿了運動用的棉褲衫，雙腳套著布鞋，帶著量竿走到附近的一所中學的運動場。量竿放在沙坑的旁邊，帶來的石灰粉灑成一條起跳線。那個角落幽黑而寂靜，他便開始專心地練習跳躍。

他這樣做，使他與朋友們斷去了往來。除了日常的工作，他幾乎斷絕戀愛、友誼和一切的玩樂。別人看出他漸漸轉入孤獨和沉默，但是他自己是很快樂的。那隻夜盡前放聲做號的黑貓對他從未失信。他對那要去叩開的亮窗的希望，日日的熾烈起來，與他日日進步著的跳遠成績變成了正比。

他勤奮於練習的行為，漸漸地引起人們的注意和關切，周遭的人們對他抱著極大的希望，無奈地卻拒絕於在競爭的運動場上比賽；人們早已在他的練習中知悉那項驚人的成績，但眾人的誤解他總以緘默來婉拒。

他的成績雖可打破運動會的舊紀錄，但和自己的量竿標誌的紅點相較，還有一段小距

離。

他仍然繼續在那個運動場一角練習，而其違願眾人意志的行為已顯然已經遭來不堪想像的後果；他的緘默終於惹惱朋友們以及城市執政官的憤怒。

不為自己的鄉土種族爭取光榮的藝術家、運動員……的努力，都將為其自己的鄉土種族所唾棄，他被這樣警告著。

當他越甫近他的理想，他的生活與生命則越近於受難。而這樣的一天終於到達了：他被迫遷出那間五樓的房間，他的工作被解除，他的朋友不再眷顧他；他間接地被下逐離開這座城市。假如他想延緩一個小時離開這座城市，似乎鐵路車站的售票員將接到命令，不准賣車票給他。

「為何糟糕到如此程度，」他惜嘆著：「至此為止，文明的象徵就是總體制啊！」

四

宇宙的旅程也許沒有終點，但鐵路的行程不可能沒有終站。

一覺醒來──他的身體感到寒冷，火車停在一處火車站邊軌的漆黑中，這部火車已經熄火不再開行，什麼時候到站，他一點不知道，也沒有人來叫醒他；顯然乘客和司機都走開了，他疑惑身在何處？帶著久睡的腦暈走下車廂。他的行李放在腳邊，立定在石子鋪成的地面，望著一百碼外火車站月台的孤燈。他揉一揉剛睡醒視力模糊的眼睛，再極力注意懸吊在

屋篷下的牌名。字跡的筆劃漸漸地被他辨認出來了；牌上簡潔地寫著「北站」。他驚愕地呼叫了起來：

「天啊，這是怎麼一回事？我來到了一個正相反的地方。」

他不想走到蕭寂情調的車站去找麻煩。無論如何，現在對誰都解釋不清楚自己的身份。現在唯一的辦法就是自己照顧自己。他帶著與這個世界同樣荒謬的心情翻過鐵道附近的石柱柵欄，走到這座新城市裡去。

這座城正在為著什麼節日慶典在歡騰著；他走到市街看見許多一伍一簟的人們，在明亮的路燈下散步，他們充滿著體力充沛精神興奮的活潑模樣。這些人們和本城的人顯著地可看出分別。他對一張運動會的海報瞥視一眼，低著頭謙虛地潛進了一家小旅店。

他洗了熱水澡，吃了一頓豐盛的食物，最後他想要好好再睡一覺。至於前途如何他抱著樂觀的態度。當這個城市的人們在熟識他，且因為熟識而要管制他之前他起碼可以過一段十分適暢的生活。他身邊帶有一些昔日的積蓄，要不然他也可以去找一份不太勞累的臨時工作。總之：有一天，他還要回到那個舊城去訪晤那口亮窗，當那個城市的人們因為時間的遮蓋而忘掉了他之後。

事實上，一個人活著本不必為自己確立什麼身份。

他打開皮箱，翻檢著衣物，在那個放文件的小袋裡，意外地發現了一張褪色已久的卡片。

劉易士：北城冷街二五號。

這張卡片簡單地寫著：

他想不起誰是劉易士。他想也許他的記憶有所喪失。他重新穿起衣服，心中帶著蠱惑出

去了。

五

路上的行人對他打聽冷街的位置頗表驚奇。有一個人告訴他：冷街是上世紀的舊名，現在這條街代以數目字稱呼。他依照這一個人的指示向前走。

他經過市中心的噴水池，然後走著一條林蔭大道，兩旁的房舍靜靜地豎立著，圍繞著許多楓樹和木麻黃，他斷定這是蕭穆的學校建築。以後路盡的數目越來越少，終於為一道河流的堤岸阻斷了前進。他向左邊轉彎，街口的路燈照明著一排磚石疊築的頹舊的屋子，這排房子漸漸延長到黑暗中去，看不到它的盡頭的長度。

河道對他吹來寒顫的冷風，他沒有遇到一個行人，在昏明中，他心裡帶著懸疑的警覺沿牆壁行走，一面數著門戶。

這些門戶緊閉或洞開如廢墟的住所，使他聯想起沒落的王孫、流氓、賭徒、藝術家以及乞丐這些不幸的人們。有的門戶漏出微小的光亮，裡面有提琴和鋼琴合奏的音樂。他突然停步，好奇地貼近一個門戶，由細縫望進屋內，正看見一個靜凝的驢頭，由於視界的限制，他不能再看見什麼。他頗感疑惑，不知這裡發生了什麼事，會如此的靜寂和離奇。他的心中無形感染著哀悽的情緒，只得繼續移步前進。

他在第二十五個門前猶疑片刻，且左右觀察，兩旁的蕭索情調包圍著他。他諦聽裡面

是否有可察覺的任何聲響，以幫助他回憶起那些逐遁的事物。但寂靜使他像一隻沙漠中的鴕鳥。他的身心彷彿一隻真空的瓶子。他嘗試著叩門。

門戶應聲地開了，就像裝有自動機關。乍然在那一大片白光中看不見任何一物，幾片模糊的色塊和線條固定於一個角落。漸漸地，他的視覺清晰了起來，屋中一個長髮女子端坐在一張木椅裡，靜靜而直立的身軀像是恆久在那裡等候著誰。他戰兢地輕步走入，女子一無言語，而眼睛亦一無所視。

這間絕不可能是什麼劉易士單方面意義的住所，他也無從在這個盲眼和啞嘴的女子以及空洞光亮的屋子回避什麼記憶。他突然有一種毛髮直豎的意識，使他驚訝於他的存在的真實；他領悟那張字條是個本身無意義的索引，引發他的到達。他害怕而退縮出來，順手關了那扇門，急急走回喧嚷吵雜的市街。

他在旅舍門前被幾個男人揪住了衣領，他被他們認出是逃逸了幾天的跳遠運動員。他無從辯解自己事實上不是他們要找的那個臨場怯懦的運動員，可是仿若那位逃逸者的身高、體重、照片和比賽項目，這些符合的條件和才能，使他也相信自己就是那個他們要找的人。

「諸位先生，禮貌一點，請放手。在任何一種意義來講，我都是一個不折不扣的跳遠選手。你們要找的是我為你們爭得榮譽，以便在歷史上可以記錄；我會使你們滿意，但我個人所要的是絕對的自由意志。當我已為你們盡力，也祈望你們放手不再干預我。我們條件談妥了，你們回去，也告訴所有的人，要他們不再干預私人的事。」

數日後的一個晚上，他穿好了衣服走出旅社。運動盛會已經過去了，街道沒有那些奇

裝異服的人在散步，情景顯得很冷清。他低著頭走著，有時偶爾抬頭瞥視牆壁上缺少了一角的運動會海報。缺乏歡樂的心起於現在又是單獨的一個人，任何人都與他毫無干涉，他終於感到孤單和寂寞是最大的遺憾。掙脫束縛後的結果是孤獨──無意義的孤獨。眼前的一切事物都因為寡歡的心靈而覺得遙遠之味。他像一個別人看不見的幽魂在街道上行走，腳步所歇落之處都是一種空洞。假如沒有責任的意志自由是一種虛無。他經過噴水池，不知不覺在林蔭大道走著，他望著兩旁蕭靜的校舍，終於想起久遠的許多事物，然後這些樹木和牆壁變得像愛人一般密起來，這條街也是清楚熟悉的，他像童年時一樣在行走了；那極欲擺脫掉的童稚，原來卻是現在極欲回返的真實。在那個童稚的世界裡的欲望是所向無敵的，其內在的想像是絕對真實的。河道吹來的冷風，他已經感覺到了；他在堤岸前面轉彎，他突然想起劉易士是一個久遠的人名，一隻半閉著眼睛靜凝的驢頭，一個暗中窺視的靈魂。

他立在門前叩門；盲啞的女子依舊端坐在那裡，他走近她，牽著她的手；他靜靜地與她度過這改變了世界的難以奈何的黃昏，他和她似在進行一種交談，但沒有語言發出。

每當他走到冷街，由那個門戶的隙縫洩出的音樂（猶如那漏出的燈光）從未間斷。他每晚必來，直到有一天，這個城市的人突然感覺他不知在何時失蹤；他的行李依舊留在旅店。

天使

一

席米的信他塞在衣袋裡。那個早晨，他在人羣擁擠中尋找席米的父親。那個地區有一座彩瓦和雕柱的廟堂，要在那些吵雜的婦女胸前臀後跨前一步自始困難，她們似乎不理會他請求讓路的呼聲，只能貼著她們豐柔的身體緩緩地蠕動移步。當他猛然投視到席米的時候，席米的父親模樣彷彿早有意站在那個角落等候著他，且似乎已經注意他的行止許久了。

那隻發紅破損的左眼斜睨過來，席米的父親且有一張灰黑的面孔，在那幽暗的廊柱旁邊變成藍色。回憶席米的影像，絲毫沒有這位父親的投影。當他以看他兒子般羞惱的表情看他時，他顫抖地站在他魁梧的身軀面前。他發出一種擔負勞苦而使一個非勞力階級在他面前感

到畏縮的神情，他臉上充滿的這一類傲慢一定在排斥著他；他對他的來意發出一串急躁的聲音。

他們變得是在吵架；他說他不再負擔義務，他指出席米在這個窘狀的家庭中過著特殊身份的生活。一個人在短促的生命有三分之一的時光去受新式教育，像這樣的人，不是有一種過份貪婪的想法嗎？他已經不再單獨指責席米，而變得向社會做激昂的抗議了。

「我想會見他的母親。」他打斷他說。

「不要理會他的這件事。」

他發紅的左眼看起來像在燃燒。他牽著腳踏車在前面領路，這一次，在那些紛擾的人群中，他和他行無阻擋；那些撇轉過頭來看到一隻泥污的車輪接近她們赤裸的腿肚的婦女，都自動地避開讓路。席米的父親那種有點怒斥意味的低低的喉音，並不比他先前路過時請求的呼求更響亮。穿過他腋下張開的空間，他看到席米的母親的那張親切的面孔，已經以一種期待的閃爍而動人的眼神候立在遠處。看到她的臉，就像看到在世間忍辱負責的A城的母親們的臉。他站在她的面前時，她已經激動得不停去拉扯著那條做買賣圍在腹部上的染濕的白巾。

「我來是關於席米──」這句話變得情意深重。「無論如何，他的意志……」聲音於是塞在他的喉間。

她把她含淚的面孔轉開，迴避火光一般拒絕他的注視。在年輕時斷定那是一張十分美麗的臉孔；同時那是如同席米一樣的多情和犧牲的個性的臉孔。

「什麼叫研究所？需要很多費用嗎？」她回過頭來問他。

「只要你們贊同他這個意志，在精神上鼓勵他，」情勢使他的腦中迅速有這樣的假設，「他自己已經籌足了那筆款子，在戰地他有點儲蓄，早先已經匯寄在⋯⋯」他抬頭觀看晴朗的天空和豔麗的廟堂。

「不是和初級中學一樣一年有兩次的繳費嗎？」

「將來他可以一面工作一面讀書。」

「什麼工作能適合你們這樣的讀書人？」

爭吵又再度開始。那位感激他的母親臉上出現悔痛的表情，彷彿昔日失敗的戀情在她的面前掠過，她不斷地感謝他，而那位變得羞辱異常的男人，則在斥罵席米這個糊塗蟲。他辯護說席米是個可愛的人。最後他請求他們把席米的證件交給他——那些信中指出鎖在閣樓的書桌抽屜裡的證件。席米的母親說不在那污暗的閣樓，已經託寄給湯君。

二

他很想再去攀登那座污暗無光的閣樓。它是席米和他們暗淡無光的生命的象徵。他在街道上經過，迅速而怯懼地朝屋門瞥望一眼，看到那座通往樓上的木梯，像是一條通往黑色天堂的通路。沒有任何人的幫助，攀登那架筆直的木梯是一項莫大的艱難。但木梯對習慣於它的席米是一條自如的通道，像田鼠的涵洞。屋頂上的一塊玻璃經常透進一縷白色的光帶，那

縷光線早晨照射在床板上，午後移到書桌。

那些沉默地等候火車駛來的人，長相顯得疲憊和蒼黃，他們的身體令人感到一種不均勻發展的畸形，面貌帶著為生活操勞的痕跡，眼光呆癡而眉間帶著怨恨不悅的表情。當他送席米入伍時，在車站與他告別。席米站在車門，他的容貌黯然神傷，就這樣不隨己意地被火車載走了。在一個龐大的體制之下的現代人，都是這般的溫馴和服從。這種告別，除了傷感，對他們實在尋不出任何解釋的意義，而且席米竟然是去一個他也未知位置的地名。整個上午，他和他到處奔跑，詢問 S 縣是否有大林這個小鎮。在地圖上，T 縣才有大林，而且是鐵路線的一站。他們回到鎮公所的兵役課，他們回答他們說不知道，也不知道這件事錯在那裡，車站站長也感到莫名其妙。不久席米來信，他身在前線，那時正是敵方無理性地以密集的砲火猛擊的時候，就是至今，其砲火並不停歇。

三

那些拖動的風景，舉目所見，A 城似正處於自我誣蔑的鼎沸之中。一張多麼富於容忍的面目掛在他投視的窗框裡，席米的父親，不像他平時易於衝動的模樣。顯然相反地，一個不會發脾氣的人一定是非常的危險。他那破敗的左眼，黑圈和眼下的浮腫，正是自我犧牲和忍辱的證據。固然他對世界的事物知道有限，若是腦中熟知全世界的事物而沒有一顆好心，於這人間又有何益？在一個污鄙如閣樓的和平和安靜，在那類外表有壞脾氣的人的保護之下存

活，正是他們活在世界一角的好命運。

他的視線移開，落在一張婦人的美麗臉孔上，那是一張他在電影中常見的端莊而豔麗的女人臉孔，她的頭髮高高盤結在後腦上方，也正如影片中的女人一款的式樣。她上身穿著鑲花邊的白襯衫，腰下圍著一條紅色裙子，一雙紅色的新鞋。在裸露的白色肌膚上佩戴金鍊條，手指套著鑽戒，手握著米色的皮包。有一隻手把花生糖送進嘴巴裡。但是這位美臉婦遺憾有一雙佝僂般的短腿，懸吊在座墊下面。她且在胸前摟著一個嬰孩。她的身材實在難能配合那張驚訝人的臉孔。他對她的觀察直到心中充滿著窒息的遺憾。她的眼光實在沒有電影中的女人那樣的狡黠和閃閃誘惑男人，那是一對幾乎可以代表她的極低的智慧的魯鈍的魚眼。

但是她給人的最初一瞥卻能驚訝人的視覺。為何她要打扮成這樣的明亮和瑰麗呢？那是紅色、白色、粉紅和黑色相配的一簇花叢。無疑，在這簡陋而骯髒的車廂裡，她引人注意的是因為一種不調合的存在，她存在那裡，一點也沒有美感。

四

火車沿著一條污濁的河流行駛，他扭轉身體斜朝著窗口，凝望那片水色。席米的聲音在他的耳邊響亮起來：「看水是為了看水平——」

他下車去找阿隆，阿隆不在家。然後他想去問湯君關於席米的證件。他跑進路旁的一所警察局詢問中學的地址。那位值日巡官的不友善使他畏縮著，他經不起他再三的問詢；他

很含糊地告訴他，他不得不再問他清楚。他坐在靠背椅上越來越顯出煩躁，他感覺要是再問他，他將暴跳起來隨便以一個罪名逮捕他。他想他會以騷擾官廳來逮捕他，在A城這是常聽說的事，他們常在禁閉室內毆打人犯，尤其對那些喝酒滋事的青年，常以過份嚴厲和毒辣的手段懲處他們。

他步行約十分鐘，再詢問路人。他抬頭看見分岔口的上方佈滿著樹木和草叢，一座小教堂塌落的屋頂露出樹梢。這座空洞的屋子模樣像骷髏頭，好像還留著死者最後一刻痛苦悲憤的表相。他停步望著還留在前門牆壁尖點的十字架。這座落在此位置給他不勝詫異的感覺。它不是一種向天空祈求和哀告的表情嗎？他分開草叢走向它，發現庭前的石階已為泥土和小草覆蓋了。

現在它面積的小又驚訝了他。他從洞開的門進去，裡面空洞一無所有，有一面牆壁已經倒塌，許多磚瓦積在角落。他一直走，走到所謂放置聖體的面前。他開始被一種荒漠所包圍，四周靜寂得像深淵。抬頭仰望天空，像身在天井裡，觀看掠過的晚秋的飛雲有著驚心動魄的行姿。漸漸那有限的天空在旋轉，他漸漸感到恐懼和戰慄，腳步不自覺地浮動起來。

當他奔出屋宇外面，一切幻象才告消失。回到石階路上，他的心還在抖顫。上了這一段坡道，一所小學校的簡陋的校門豎立迎著他，從裡面傳來搖響的鐘音，學生們紛紛從教室往外飛奔，他看見湯君自一間教室走出來，他揮動手臂，湯君並沒有察覺，他漸漸走近他，他才看到他。

五

另一封席米給老唐的信中，席米殷殷交代，指示他蒐尋註冊必備的要件。瘦弱矮小的席米字跡剛毅，那些顯示悲痛的心靈的詞語，指望著這件事將當為他踏進新運命的門檻，關係著他將來的存活，無論如何不要因他現在身命所囚而不能親自回來辦理造成了遺憾。他衣袋內的那封信件，比起席米給老唐的這一封傾盡心跡的長文，顯得十分的不重要。他動身前那股熱血沸騰的使命的心情遂開始降落。這兩信的比較，他對於席米，顯然是次等的朋友身份。他開始對於他那無知的熱情感到羞臊。老唐在他們諸友中聰明而練達，比起他，他的確更適宜去辦席米的這件艱鉅的付託。

他們相偕去會湯君和席米的女友。在車廂裡老唐和他談論一些文學問題。老唐和另外的一些藝術家合辦一本文學雜誌，老唐以小說家自居。老唐對他談到最近寫的一篇有關理想主義的散文，他感到奇怪，為何在現今的Ａ城還談這些舊文學的內容。但老唐頗具才華，使他羨慕。可是他的心裡懷著另一些不平，至此，去為席米辦理入學的熱情已降至最低潮。

在湯君的寓所，當大家在討論問題的時候，席米的女友坐在角落露出無比的落寞和無依的模樣。他們開始從自己的衣囊裡掏出錢來，丟在桌子上，他默默地坐在椅子上，在Ａ城他已經失業很久。屋子裡一時充滿了慷慨俠義與羞臊畏慚的對比。他看出席米的女友的眼睛極力不去注視桌面上的鈔票。老唐把錢收攏一起，然後交給他；去執行計劃的終於還是他。事

情這樣決定後，他便走出了湯君的寓所回家。

在Ａ城，當朋友相聚在一起的時候，就有一個幻想盤繞在各人的心間。每個人的生活演變了，自私地開創自己的生活面，但那個幻想還是存在。他們在Ａ城已經習慣在苦難中度日，已經懂得跟著世俗的步子去生活，他疑惑這個幻想是否將是一種危險的徵兆，當要真的把它付出實施的時候。現在，他恐懼它回到這個不能付出絲毫個人犧牲的現狀來。他衡量著：一個人活著可能需要具備愛情、朋友、事業諸條件；相反地，人們活著是為了滿足慾望。當老唐這位理想主義者自命的朋友重喚著那幻想時，他感到痛苦和拒絕，假如他又面對著必須有愛情、朋友、事業諸條件下去生活的話。他感覺：這一次是一種真正的徵兆，他們不是實現它，就是面臨完全的決裂。

那股為席米辦理學籍的工作的使命的熱忱重新回到他的心中。假如理想到最後不是一樁欺騙，無論如何是可以犧牲一切的。所謂犧牲自我，在人間不外就是為別人做些瑣事，這些瑣事累積起來，便像石塊疊成一座金字塔。假如他們能在這個把熱情抹殺的時代再重現熱情，在沒有權力慾和不公平的陰謀下，幻想也能成為真實。

六

他按舊址前往，朝著在Ａ城心中一個未曾抹滅的方向。不知道她是否願意接待他突然

的造訪，尤其在她心境可能未平寧的這個時候。在報上看見她與丈夫的失和報導，於他心裡並不存絲毫快慰，反而無情的報紙把她與赴洋的丈夫在機場爭吵的一幕實情報導出來為她難堪。他自問心理是否存著卑鄙的企圖，乘機對她表白愛情。他至今對她的印象，仍然保持著她學生時代那純潔的影像。那時會與她分離實在偶然，自此以後未曾再見她一面，她的變化他是不能做絲毫的猜想。他現在能想得出來的是：她與丈夫分離後家庭的冷漠和傷感的氣氛，這也是他現在前往訪謁的理由。他盼望他能重遇隱懷在心中不忘的那許久以前的一幕：他和她單獨坐在客廳至深夜，她的父母已經進入臥室睡眠，他們把座位移到窗邊。窗外樹影魅魅顫動，她酷愛殘酷的故事，必須要他講給她聽，他當時對她說了一則最為殘酷的故事，說完她把一顆金心糖放在他的手心做為報酬。他聽說她的父母已經不住在那個寓所了，這是他遇到的最為慈懷的一對老年夫妻。但願一切仍是未改變的模樣⋯⋯

第一次他驚訝她活生生的存在著的風韻。她在這樣的夜晚中還持續著盛裝，她的模樣把他腦中對她的生活的構想完全粉碎。他完全不明白她生活的真態，正如在這一刻她訝異於他是何人。她站在門口望著他，索尋她的記憶，他發現她的兩排睫毛不斷地遮蓋那雙發出亮光的美麗巨眼；她在微笑。同時他感覺這種微笑是一種歡迎和溫暖。他猜想她的盛裝是昨夜的夢對她的啟示──一個老友將來訪。她多麼真實地立在他的面前，終於想起八年前他削瘦的影子。就這幾秒鐘的掙扎，已經把過去和現在連綴了起來。她把手伸給他，像昔時的動作一樣急要把他牽進溫暖的室內。

她的動人容顏捉攫著他的眼睛，頓時他對她保有的記憶褪去，變成曖昧不清的童話。

她背轉過去，踏進客室的門檻，他由背後望著她扭動的裙裾，他的眼睛極力透過那層布幕去撫觸她豐圓的臀部，他開始痛苦地歡欣起來，思想隱約地掠過他生命單純的原始意志。

她的腳輕躍地跳著，他彎身解開鞋帶，當他與她並肩地走進客室的時候，她對他發出魔惑般的笑容。

客廳全都代以新的佈置，比較往昔，它是富於情調和華麗，並且是以合乎她的性格的黃和粉紅為主的色彩。她已經有了一部如願以償的鋼琴（在學生時代，她盼望能有一架鋼琴），擺在朝著後院窗戶的前面。他眼看到這些心裡充滿了快意，彷彿擁有鋼琴的事實是他和她共有的希望。

中央的一張玻璃茶桌放著一盒高級糖果和一副精製的撲克牌，四張沙發分成四邊對著這張方桌。他一時訝異於它們是如此地被安排在那裡，和那種模樣，彷彿特別為某些人準備好。也許這裡即將開始一場遊戲。這些桌椅、糖果和撲克牌都像是端端正正坐著的典型人物。他望著她，不料她已經走近那架鋼琴，並且開始彈奏，是一首熟悉的莫札特的奏鳴曲。

她在彈奏的姿態又使他回憶昔日她的影子，當這間屋子別無其他人存在時，他和她才像是還在那一段天真爛漫的時光中。有他單獨面對她，她看起來總是合他心意的美麗。他輕輕拖開一張沙發坐下聆聽。事實上他是扭著身軀朝著她的半側面注視，這時，她的臉是天使一般的雅麗，又有現在的音樂般的笑容，這種笑容轉過來以一種無邪而又迷人使他心旌綻放，直到一串不諧和而驚嚇他的電鈴聲中止了這一切。她站起來，他疑惑地抬頭望著她，這時她的面容第一次帶著令他憂慮的狡獪而快樂地微笑著。

「我去開門──」她說。

「這時會有誰來？」他問她。

「朋友們，他們每天必來。」

天啊，她去開門了。他在客廳憂慮地想像是何種模樣的朋友這時會進來。他走近窗邊，從玻璃向庭院注視，兩個黑影走進了門口。當這個陌生男子進來時，他點頭微笑表示禮貌。

她開始介紹，他不得不和來客握手。多麼討厭的一隻手，多肉而濕熱，他的細小而冰冷的手在來客的掌中突然失掉了力量。她和來客熟絡地交談起來──

「今天誰不來？」他問她。

「還不知道，他是我許久許久以前的一位同校同學。」她很得當地笑著說。

「難怪不經常看到你。」他說。

三個人同時坐下來進行談話。當來客以一種客氣的儀表詢問他的身世的時候，他感覺他似乎在揣度他的牌技的能力，在這個時候他十分疑難和困窘。他表示不經常玩牌，這方面來客似乎放心了。但是來客另以一種鄙夷的眼光衡量他和她的感情，這似乎才是來客的真正心意。然後是另一位男士按鈴進來。

他們一定經常在一起的同伴，他們兩人組成起來的力量和威勢已經超過了剛才的那種均衡的對峙。他的不安是加增的，他望著她，發現她漸漸的和他們談話的時候多，而和他的交談變得有些淡漠。

他發覺她現在說話的語詞是矯飾的，她的笑看起來不真實。其中的一位男士已經把撲

克牌握在手裡，玩耍著洗牌的技藝。他且發覺他們有一個共同點：那便是言語的意義是相近的，他們的表情的氣味也是一致的，尤其他們的幽默同樣是低俗的。她偶爾投過來一抹眼色，可是沒有半點溫慰的意思，幾乎可以形容為奸滑的明亮，一種容易善變的清麗和微笑一直掛在她的臉上。

「我們再等候五分鐘，假如他不來，我們便開始——」

其中的一位突然宣佈這樣的一句話。他至感莫名其妙的是，他無意中墮入於一個不適的環境裡，原來這個環境是早已安排要鬥牌的。而他還處在昔日的幻想裡，祈求一則童話的實現。他無能為力擺脫他們或改變這個環境，而且最為可悲的是，他被認為是來參加鬥牌。他心中遂迅速地查清這個環境的險惡，以及急需一種果斷的力量來安置他自己。當他們所說的另一位假如恰巧不能來時，他便無形中陷於參與這個四人遊戲；要是那個人在五分鐘內到達，他便要被他們合力排擠出去。

他對著她直視，以探尋一點真實，他甚至祈望可以藉她給他的任何鼓舞的暗示來振奮鬥志；有她的支持，他能由弱轉強，甚至以死奮鬥到底。但是她在燈光下卻閃耀著冷冷的眼光，她的臉形和那咧開的嘴宛如一個蛇精的模樣。鈴聲終於決定了他的命運。當這個最後達的人進來時，正是他對他們告別的時候。她送他出門（其實她必須去把門拴上），她的眼光完全是陌生的，她的笑也說明了無比的排斥。

七

早晨他前往學府辦理席米的學籍，但一切似乎難能入手，他趕回A城城中一所指定銀行去繳費，然後攜了繳款收據再趕往學府。當他辦完了這件事，已超過了中午。當他離開A城的時候，曾以潦草的字句寫信給老唐，是關於老唐的那一篇理想主義的論文。信文如下：

我以一個朋友的立場向您表陳。雖然像您這樣以思想自負的人是難以說服的；並且像您這樣常要慫恿別人說出意見來的人，也許是最不採納別人的意見，但我們以朋友互稱是如此地確實，我必須向您進諫數言，這裡面卻並非如一般人向您盲目讚頌。

第一，您在著文之先已經把一些人列為非理想主義者，以及列一些人是理想主義者。您常有一種不現身說法的狡黠，好像避免在現實生活中會遭到危險。在文章中您又以理想主義者自命。

第二，以現在而言，我們存活的這一瞬間，如何能以貧困饑餓向富裕抗辯，以受壓迫向統治者抗辯，這不是彷彿以愚蠢向聰明抗辯嗎？我自身由貧困中生長更懂得貧窮是怎麼一回事，什麼原因。這是忽視了時間的歷史和生命的綿延意義。歷史上有過這樣的現象，煽動民眾，造成大悲劇。雖然因果存在您的心中，但卻不存於自然之中。追求真理，不是以一種立場攻擊另一種立場。

第三，任何一件事物，打進心坎總要比印入腦中更牢固，這就是為什麼理性的藝術品反

而感覺不怎麼震撼的緣故了。

第四，您的引證常是為了自尊心要辯贏的目的。理想的世界就是像影片中（你舉了此人必死這個電影）小鎮的統治階級和征服者；因為他們有安排、有方法、有法律。世界那裡能有這種對統治階級無效對被統治者有效的法律呢？他們知道誰該受惠，誰該鞭撻，一切依照他們的理念去做。

第五，你指出理想主義的精神是應惡德的存在產生的地方必有理想主義精神與其對立。敬愛的朋友，倘若理想主義這個敵人也沒有了，惡德事實上是不存在的。您說倘若這個世界上的惡者連理想主義這麼一個敵人也沒有了，則他們的惡德便不知道要以多麼凶狠的姿態去吞噬這個無告的世界。親愛的朋友啊，被您稱呼的惡者不是受到了您加給他的多麼大的冤屈嗎？這個文字被您應用起來，就像是您掌握著皮鞭抽打在他赤裸的背上。而您真正稱呼的惡德（這時最好稱把這惡德兩字加在您懷抱著的理想主義是多麼地適當啊。為反抗者罷）實在才是為理想主義而產生的。

第六，懷念古代是一個美麗和平的世界是一項錯誤；美麗和平的世界則屬於未來。

第七，一個具有誠實和謙沖的優美性格的人毋須理想主義的駐持。我在一般知識界已經看出類似慕西爵士時代的野心勃勃的君王和現實而有些敗德的新權貴，以及見風轉舵的英倫教會的面目的存在。

由太多的命題構成的立論常使我感到目眩，這種匠意的美和知識的豐博的炫耀，其危險性像武士的末途一樣，要賣弄他的武術。

那一天接到席米的訃聞，整天他在A城遊蕩著。他臨離A城時乃未遇到阿隆，他相信阿隆這個出生在A城的人同他一樣，在A城已沒有踪跡了。

誇耀

在數里外湯家數代都是農夫。近年來市區的地價高漲，本來是一個很小的城市，觀光事業逐年發展，周圍的鄉鎮劃入市區，那些本來是農作物生長的土地，現在漸漸蓋滿了式樣劃一的公寓住宅。湯老頭把土地賣去了一部份，現在只剩下一條與他同樣老邁的水牛。天未亮他摸索到低矮潮濕的畜欄，「起來──」他猛力地拖拉靜靜垂睡著的老牛。牠很艱苦地用前肢支架起沉重的身軀。湯老頭牽牠到外面來，牠昏昏慵慵地跟隨著他走一條陌生而陰險的星路。春耕已過，閒息半月，每天只有一束枯黃的雜草，已經不像往日年輕時優待。

一位名叫靜雄的沉默青年，整日價地沉迷於古典音樂。他背靠牆壁，翻上眼皮望著鄰室瘦弱的妻子在換衣服。她把長髮向腦後綁牢，穿上一件白色無袖的舊式長衫，隱約可見貼肉的同色襯衣。幾分鐘前，她做完了家事，現在準備外出去工廠做工。音樂繼續淒厲地纏綿

著。她有一張姣美高貴的臉孔，出門應該配上一部自用汽車。

他（牠）們已經來遲，湯老頭替牠掛號一百五十，把手中繩索交給管理員。另一位管理員匆忙而隨便地在牠的背腹處蓋了一張紅色泥印，牽著牠走進一間燈火白輝的屠宰室。角落那裡堆積著大堆的牛骨，血腥瀰漫滿室。屠宰人出其不意要給牠一棒，牠嚇了一跳，把頭閃開。牠回轉身體，低首向外衝出，地上拖拉著那條永繫在鼻端的韁繩。在走廊上撞倒第一個人，那是牠的主人湯老頭。牠繼續踏躍，朝向敞開的大門，兩隻灰色彎曲的角指著聚集在那裡議價的豬牛羊肉的販子。

她開著敞頂的乳白色跑車，從巷子駛出大路，左彎右轉離開城市，奔向鄉下，目的地是自己的娘家。

由蘭州街到民權西路，左轉重慶北路，牠撞毀了七部腳踏車。十幾個清早的行人見狀閃避在電線桿柱子後背。牠直闖環河北街，衝入菜肉攤位中，霎時雞飛狗跳，尖銳的女音和男人的吆喝，人聲吵雜的中央市場，一個女菜販的屁股在混亂中受傷。

她踩踏油門，不斷地加快速度。遠處紅色的山坡，兩旁綠色樹木，同樣景色也同樣太陽，十幾年前是感傷，今天是無上光耀。

西寧北路派出所趕到十餘名警員，一道清晨追緝令，使河邊堤防警方武裝。牠見勢不利跳河逃亡。電話通知對岸，河邊開始設置防線，中央大橋橋上水面派出一支巡邏隊。

車子停在新竹街道旁邊，她下車走進一間店鋪選購特產食品。那位天生沉默的男人，繼續沉浸收音機播出的古典音樂。他不願插嘴不願動手。夾在兩個大人中間的男孩，五官端正，皮膚潔白，頭上戴一頂過大的遮陽草帽，一點也不像身邊的父親當年村童時代的模樣。

這時他把那頂遮住眼睛麻煩他的草帽扯下，但是走回來的母親又重新把它蓋在頭上。

最快的速度闖過沒有回頭的單行路。

牠由江子翠渡河上岸，現在染著一身的憤懣，瘋瘋癲癲經過桂林街。守候在華江大橋的便衣警官見影開槍，牠全身顫動了一下，鼻頭淌下了鮮血。牠抬頭注視晨陽，它的光原來公平地照明大地也照亮牠堅韌的皮膚和平衡在頭蓋上的角。現在牠為邪惡的欺詐所迫，以平生

車子後座已經堆高許多紙盒。她發動馬達重新上路。她的心臟漸漸急跳，手腳發抖，握不穩方向盤，車頭一分一寸傾向路旁，向巨大的樹幹撞去，突然煞車停止。

「怎麼樣？」

「沒有什麼。」

原來翻過前面山頭，就是家鄉的鎮落。

人臺跟隨在牠的尾巴追戲。經過介壽路，轟動整個中華商場，商家急忙拉下了鐵門防患。牠偶爾在奔跑中稍停駐足，轉動帶血絲的巨眼，尋找凌辱牠的對象。為何生來你是一條被稱為溫馴的牛，上帝也給你兩隻尖硬的武器，用來保障個人的創造和幻想；你不必靠野蠻和懦弱維生，因為大地到處是河流和綠草。

抵達家門，她幾乎癱倒。老祖母像一隻皺皮火雞，依然蹲踞在門前曬陽光；越過一層一層羣童的污髮，那位瘦小的後母娘走出廚房，臉上綻露尷尬的喜笑；年老的父親也同時變樣，無光的臉頰抹了一道虹彩。

一位攝影記者適時趕到，他跳下摩托車，手持照相機，到底是利用還是同情；牠看不順眼，擺姿對準他衝去，嚇得他轉身拔腳奔逃，正義在商店門前絆一跤。

一千隻的手接住那個男孩，許多臭嘴巴印在他柔嫩的臉頰上；他迷惑掙扎和哭喚。那位沉默的男人被奉迎到廳堂，無數的眼睛帶著光鬚，從許久以前已經對他注視，怎樣？終究傷不到他混身的孤傲。

牠繼續橫行和報復。各路口已設下了埋伏。當牠跑到保安處，幾支零點四五紛紛吐出

火蛇。牠轉到昆明街電影區，散場的大批觀眾擁到街上，彷若東方的禁錮和欺矇，藉一隻老邁的狂牛，爆出了西式的狂歡。他們跳上了汽車，從車上向下瞄射，一顆子彈射穿牠的左後腿，牠勉強跛行至兒童戲院，紅彩淋滿整個龐大的灰軀。頭蓋上又中了數彈，終於不支倒地，遂告死亡。

碉堡

這種模樣十分動人；余徐月霞不是不會束緊腰帶，可是她還是讓多肉的腹部突出來。她的身上穿著質料細軟的淡紅衣褲，拖著軟底膠鞋，和鄰居的婦女走過街道，站在廟前廣場人羣之中，抬著頭望著孩童上台唱歌。結吊在竹竿上的燈泡照耀著她，就像照著一個健康而俊美的青年；她的頭髮剪得很短，向後梳著，明朗地露出男性的額頭和誠摯的短鼻子，去年十月，街道轉角那間西藥房，那個誠樸的矮男人終於把經常和來配銷藥品的售貨員通姦的妻子拖出街來毆打的時候，余徐月霞也站在走廊下看熱鬧。

她永遠對注目物投以沉思的表情。同時，余徐月霞看起來頗為閒逸。沒有人會批評她的壞話，因為男人再也不多看她；她早已知道男人就像一些盲目的蠢物。但是她直覺地感到森在賞賜她，她遇到他時，她的肌膚像觸電一樣會抖擻發癢，或者當她有此特殊感覺而眼睛並沒有看見他時，她會相信森一定在某一角隅窺視她。

就是世上僅有森一人讚賞她，余徐月霞已感到滿足和驕傲。所以反為多數人喜愛的這件事並不重要。她的丈夫就肉體而言僅僅是次等的賞識她的男人，一直保持著十六歲第一次經驗時的那種淺淺的騷動。她即使感覺森的眼光帶著崇敬與佔有注視她之後，愛情像皮膚發癢一樣使她快慰。眼光即使多麼邪也像磁鐵一般引誘著。愛情本來就是讚賞的事件。實質上她是鄉村最具魔惑的女人，這一點僅僅一個不向世俗妥協的森知道。

森手持的電光在黑漆的崖上找到余徐月霞和她的弟弟。森和余徐月霞第一次在崖下的沙灘散步，有她的弟弟陪伴著。當他們經過碉堡時，都不約而同地停下來，余徐月霞的手在那粗糙的石頭上撫摸了一番。碉堡裡面有一層平坦的凝沙，柔軟而且冰冷。在黑夜中，森幫助余徐月霞爬進碉堡，扶持著她從黑色而無法見底的入口落進裡面。海潮在碉堡外面伴奏著，漸漸移近來凶暴地打著堅硬的牆壁。赤裸的余徐月霞在幽光中像活的塑像開始蠕動，在森的軀體下面像蛇一樣地扭曲著。

「這個碉堡在去年一次的颱風中，浪潮割去崖壁的許多泥土時，我奮力推落了它。」

余徐月霞獨據一隅，竊竊地笑起來，嘲笑著森。

「沒有我……它遲早也會滾落下去……。」

森實情地說。

「我已經為你佔有，你給我什麼？」

余徐月霞固執地問他。

他的頭從入口伸出來，像要頂起夜空，他左右環視讓給浪聲歌曲的寂靜海岸，然後又回

縮他的頭落入碉堡中。當那位農會總幹事被他的妻子高揮木屐追到街心來時，余徐月霞是那羣跟著熱鬧奔跑的人中之一。她的淺淺笑容掛著卑葨的神態，望著那位乾瘦的男人在黃昏中流離顛沛。

「你是為了解釋某些信念與有關的事物，而不得不履行我們這種形式吧？」

余徐月霞追問森。

「這是一個與夢有關的事實。」

「帶我走，我不要我的丈夫。」

雖然如此，森在另一個黃昏，看見余徐月霞從城市回來，手中提著攜著蔬菜走下車廂，余徐月霞的丈夫在她的後面走下車廂，余徐月霞的表情很鎮靜，滿臉佈出疑惑之色。

余徐月霞說。道路上圍攏過來一大羣人。

「妳把我給妳的錢買了些什麼東西，余徐月霞？」

她的丈夫下車搶著問她。

「什麼錢，月霞？」

「沒有，什麼也沒有。」

「有的，一些錢。」

森爭辯說。

「說罷，妳認識他嗎？」

她的丈夫催促她說出來，余徐月霞轉向羣眾：

「你們認識他嗎？」

她憤怒地說，且反抗和嘲弄她的丈夫，她繼續說：

「任何人都認識他是教師，瘋子森，他教我們的子弟。」

幸災樂禍的羣眾馴服地分開一條路讓余徐月霞驕傲地走回家，她的後面跟著她的丈夫。

好奇的人羣帶著嘩笑和失望散開。

第二天，學生們找不到他們的老師森。颱風過去之後，漁夫們站在崖上望著靜息下來的渾濁海灣，有人感覺那個碉堡在這次的風暴中被捲移了位置。碉堡現在半浸著海水。捕魚的時候，漁夫發現森的屍體躺在碉堡裡，森的學生圍繞著那座可怖的碉堡，漁夫在檢察官和警察的命令下把他拋出來。

余徐月霞站在圍睹的人羣中，看見森蒼白的臉上那一對煤粒般的眼睛正朝著她。她永遠對注目物投以沉思的表情。之後她像那羣村婦和小孩跟隨著被抬走的屍體在街道上奔跑看熱鬧。被漁夫認為森的鬼魂出沒的碉堡，從此在沙灘中孤立地存在著。森在世時像這座碉堡一樣被冷待，沒有人敢靠近它。除了余徐月霞。當她的肉體因愛情而發癢的時候，她是夜晚中碉堡的訪客。森似乎沒有真死，森的聲音在碉堡裡面還是如此清澈，面孔依然秀麗，當肉體冰冷和腐朽，有一種東西還存在。余徐月霞常在沙灘上散步歌唱。

你越看余徐月霞，她越像個女瘋婦；她是街道發生事情喜觀熱鬧而奔跑的人羣之一。昨夜，一位祖母用刀砍殺了日夜與她相伴的孫兒。早晨，這位苦悶的老婦人被警察帶走從街道走過時，余徐月霞在看熱鬧的人羣堆裡跟隨著奔跑。

父親之死

這幾天，這個男孩可以感到家庭裡一種冗長的苦難已經瀕臨結束；他的失業而病弱的父親已經昏迷在床上。

這個男孩的母親已經有兩天，連今天三天，沒有外出做工。在他們居住的幾間狹窄而幽暗的屋子裡，這個男孩常常會和母親面對面相遇到，母親那張愁苦蒼老的臉彷彿在對他生氣，幾個年紀較大的兄姐都對他瞪著仇恨的眼睛，警告他不能在屋子裡面吵嚷索求。除了肚餓，這個男孩根本也很討厭回家。

他已經十三歲了，不能再稱做孩子，可是他是這個家庭的許多兄弟姐妹中最年幼的一個。

夜半的時候，這個男孩被一種悲切的抽噎的音響擾醒，他敏感地注意到母親不在身旁，被窩留著一個像兔子的孔洞，他翻轉身體，手肘支撐著下顎，從蚊帳裡面對外觀望，正看見

他的母親和三個兄姐謹慎地把床上的父親搬移到廳堂去。

這個男孩迅速由蚊帳裡面爬出來，赤著腳跟進廳堂。父親被放置在地面的草蓆上，已經不再動彈，靜靜地蓋著一張白色棉被。一個姐姐在張掛蚊帳，母親跪在父親頭部的位置，傷心地哭泣，其他的兄弟陪跪著，似乎全都在靜靜流著眼淚。

當他們一羣大人發現到這個男孩獨自立在門邊觀望的時候，他的母親抑住哭聲，煩苦地朝著他，哀求他回到床上，告訴他赤著腳在冰冷的地上會感冒。

他聽她的話，轉身要回臥室，同時一個哥哥從母親身邊起立，正當這個男孩的頭要鑽進蚊帳裡面的時候，頭上正挨了一記堅硬如石的拳角的敲擊。

他快速地向這個男孩追奔過來；正當這個男孩的頭要鑽進蚊帳裡面的時候，頭上正挨了一記堅硬如石的拳角的敲擊。

這個男孩單獨躲藏在被窩哭泣，整個灰暗的臥室異常的荒漠寂靜。

第二天早晨，這個男孩不知道為什麼他們又把父親從廳堂搬回到床上；他彷彿傾聽到母親告訴來訪的鄰居說父親又有呼吸了。

這是一個天氣晴美的星期天，他吃完簡單而無營養的早餐後，走進靜寂的臥室，掀開蚊帳的一角，不敢太靠近去觀察那張枯黃且充滿雀斑的父親的面孔；父親沒有動顫一下，也沒有張開眼睛，也不知道誰在注視他。這個男孩輕緩地放下蚊帳，悄悄地退出來，溜到庭院。

這個男孩的心裡懸念著今天鎮上老爺隊和少爺隊的棒球比賽。他第一下把身軀躍得很高，然後雀躍地飛奔而開很小的籬笆門，再把那條門縫小心地掩上。他小的身體無聲地擠出打去；彷彿出籠的鳥振翼飛向天空，越飛越遙遠，害怕再被攫囚牢內。他想：這是一個多麼自

085 ／父親之死

由的星期天啊，父親不會再把他留在身邊，指派他為他做許多瑣煩的差事。

他故意繞到長生醫院的那條街走，對醫院的門和窗投以挑戰般的一眼。今天他不會再像來等候；假如醫生剛好不在那裡，他就快速走到藥劑室的窗口，抬頭對裡面的藥劑師輕聲地說：

一隻小老鼠，膽怯地輕步走進那個門，先望一望醫生在不在診療室，醫生在，他便躡腳退回

「安叔，我的父親請您配一包胃散⋯⋯」

「你的父親是誰啊？」

藥劑師從窗口探出那個大頭顱，看到是他，喉頭發出一聲驚嘆：

「哦！」

藥劑師煩厭地皺眉頭，眼睛像賊一樣左右望一望。

「他現在痛嗎？」

「是的，很厲害。」

這個男孩回答他，眼睛不敢再抬起來看藥劑師。這位年輕慈善的藥劑師不是這個男孩的

什麼親戚；他有一個名副其實的綽號，被人們隨便地叫為大頭，但這個男孩的父親一定要他禮貌地稱呼他。藥劑師迅速而潦草地配了一包藥粉，從窗口遞給這個懷著羞恥和不安等候著的男孩。

「謝謝，安叔。」

這個男孩接住藥包，紅著臉孔說，轉身猛猛地衝出那個左近的大門。

有一次罷，醫生剛好由起居室那邊突然走出來，嘴巴還咬著蘋果，這個男孩站在藥劑室窗口前面，躲避已經來不及了。醫生的肚子挺在這個男孩的面前，一隻多肉的大手擾亂他的長頭髮，問他是什麼人的孩子。這個男孩羞怒著一張要爆脹的紅臉，不願說話。醫生有點奇怪地問藥劑師，藥劑師也紅著尷尬的臉，囁嚅地說著：

「他是天賜的兒子⋯⋯」

「天賜？（那一個天賜？）」

醫生改用日本話，嚴肅近乎斥暴的表情，帶著怒斥和追問。

「就是那個住在街尾，自從光復已經失業十幾年，患胃病的天賜。」

「──哦をく、あいつだったか（哦──是他）。那麼小孩你在這裡幹什麼？」

醫生再問這個要哭出來的男孩。

這個男孩始終執拗地不肯回答出一個字。還是藥劑師坦白地對他的老闆說：

「他為他的父親來討一包胃散。」

在他的父親強迫他去做的許多瑣事中，以這件經常要做的事最令他羞憤不堪。曾有一次，他的父親寫了一封信叫他拿去給鎮長，吩咐他要帶回函，可是這個男孩整整等了一個上午，鎮長不願理睬他，後來他羞恥地悄悄退出來。

這個男孩跑到體育場，盆型的體育場四周已經圍繞著厚厚一圈蠕動的人們。他沿著一排大青樹下走著，抬頭尋視坐在枝椏上的小孩，他停止在其中的一棵樹下，對上面大聲叫喚：

「阿輝──」

枝椏上的一個小孩俯視下來，看到他，不高興地說：

「你現在才來？」

「還有位置嗎？給我一個位置。」

這個男孩焦急地央求著。

「快上來，還有一格，再等一下就被別人佔去了。」

這個男孩四肢和身軀貼在樹幹，掙扎上去，感激地縮坐在那個男孩的身邊。

球場上穿著白帆制服的球員已經佈好位置，球賽便由老爺隊的投手投出第一個球開始。

這個男孩的情緒，現在完全溶進從球場上掀起來的一陣一陣緊張的氣氛之中，而暫時忘懷了他難堪的身世。

球賽到中午時結束，少爺隊勝利。這個男孩心中祈望少爺隊打勝，終於如願，因為少爺隊中有他敬佩的年輕的班級教師。

他饑餓的眼光看著他的老師仰著頭灌飲汽水，他的老師在球場一角歡叫，他也在枝椏上微笑一下。隨之他嘆一口氣，閉起眼睛，他內心不希望球賽結束，希望他們永遠打下去，他永遠坐在枝椏上觀看。

這個男孩被他的同伴催叫下來。他倆和所有來參觀這場星期日對抗賽的人們一樣，一面離開體育場，一面比手劃腳地模仿球員的動作，口中爭論著已經過去的球賽。這個男孩不知不覺一同抵達了他的同伴的家門前面，他的同伴佇足面對這個男孩：

「我要進去吃飯了。」

「我在外面等你。」

他的同伴帶著不高興的表情，疑問地看著這個男孩。

「你不回家吃飯嗎？」

「我不餓，我不回家去。」

「那麼下午我們到那裡去玩？」

「到河裡游泳或上山採草莓。」

「現在那裡有草莓呢？」

「上星期我採了很多。」

這個男孩欺騙他。

「早被別人採完了。」

「我知道那裡還有。」

這個男孩自信地保證說。

「那麼你在外面等我。」

但是這個同伴的母親一起把這個男孩叫進屋裡，添一碗米飯給他，拉他和他們一家人圍著餐桌吃飯。吃飯的時候，這個男孩不敢伸出手臂夾菜，常常抬眼觀察他的同伴得意而辱人的臉色。

這一天，直到太陽沉落多時，大地黑暗下來後，街燈和屋宇內的燈盞已經替代了這個世界的光明時，這個男孩才帶著燙熱而曬紅的面孔想要回家，家裡或許已經吃過晚飯了，他

想。他的赤裸而骯髒的腳仍在道路的沙土上懼慮而不情願地拖拉著步伐；越接近家門，一股不安的情緒越盤纏越濃厚。

籬笆門半敞著，屋裡昏黃的燈光從門口投出一片菱形的光幕在庭院地上。這個男孩的腳落在那面光明的土地，無聲地走進去，廳堂上的景象整個嚇住了他；他的父親不知什麼時候又移到廳堂地面上，一位暴牙的矮小老頭坐在小板凳上對他微笑。

任何小孩都知道，這個老頭兒的工作，是被膽怯的家人請來在夜晚一同守屍的。那麼我的父親已經死了，這個男孩在內心喚著。夜半的時候，這個男孩再度睡在床上驚醒過來；他做了一場討厭的惡夢，醒來聽到屋裡正在紛擾之中。他不敢再起床，但他知道他的父親又活過來了。可是為什麼他們不再把父親搬回床上呢？

到天明，他的父親才真正的死亡。

葬禮在隔一天舉行，為了怕父親再活過來。這個男孩的哥哥的朋友們組成了一個小型樂隊送到墳地。這個男孩被強穿著一件寬大拖地的麻衣，和一頂用粗大的草繩兜在頭蓋上的麻布帽，腳板套著粗糙的草鞋。他的腳步配合著葬曲的節拍，走著像在學校鼓樂隊的堅硬的音響脅迫下，整隊由操場走回教室時一樣的步伐。

這幾天，最使他關懷的是他的母親，他看出母親的魂魄已經跟著父親到天國去了，而不再理會他。那幾個兄姐似乎已經成為這個男孩在這個世界上的一羣敵人；他警覺地到處躲避他們那種像要擊碎他似的眼神。

可是父親已經死了，他不再害怕任何人；這個世界上唯一管轄他的人死了，他便不受任

何人的管束。

這個男孩一點不因父親的死悲傷，因為從今以後，沒有人會再欺騙母親；記得有一天，父親照例睡在床上養病，把一張母親的工作清單和一疊鈔票叫他交還給母親。母親不識字也不知計算。這個男孩在廳堂重新計算一次，迅速回到父親的床邊，對他嚴正地說：

「少十塊錢！」

父親的手指畫在嘴唇上，示意他不要張聲，他一直不肯，父親終於帶著恨意把十塊錢交出來，這個男孩才願意離開。

現在隨著父親的死，一切都算過去了；他對父親敵恨的諸般影像都消逝了；這個男孩的心情像霧散後的晴天，配合著樂曲的節拍的腳步是輕鬆的。他的鼻腔悶哼著，這個男孩滑稽地想在這時牢記葬曲的旋律。

浪子

這個七歲女孩昨夜在老祖母的懷抱有一個很溫暖的睡眠。

因為是清明節的關係,這個女孩很幸福地在她的誕生地遇到了她的祖母;老太婆是老遠從台灣的北部省城回到中部家鄉去掃她大兒子的墓,這個女孩的再嫁的母親領著她由南部趕回到小鎮來掃她父親的墓。平時是難得見面的,因為這個古老的節日,巧合地使她們相逢在一起了。

老祖母一向疼愛著這個年幼的孫女,看到她長得如此美麗淑靜,更感傷地想到那位因肺病在生命的中年死去的兒子。

老祖母和女孩已經兩年沒見面。掃墓的事完畢,他們又要分手取道各回各的棲居地的時候,老祖母問著這個女孩是否願意陪她一同北行,還是要和母親一起再回到南部的繼父那邊去。這個女孩竟然選擇了老祖母,而不願偕母親南歸。

她的母親內心也十分樂意這個女孩暫時離開她一段時間，去滿足老人家的一片慈心；她自從嫁到這裡，丈夫死了，守寡一年，再嫁出去之間，未曾有機會報答這位慈藹的老人家。

因為在這個女孩更幼年，她的父親還未去世的時候，他們原是一起住在小鎮上的，老祖母一貫的工作就是撫餵她，因此感情本來就十分的親熱。要非命運擺佈著這個家庭，現在也許還融洽地住在一起。

老祖母懷著悲傷和喜悅的兩層心情，牽著這個女孩走上火車，回到女兒的家庭。老太婆自從大兒子死亡，家庭拆散後，便隻身投靠在嫁出去的女兒的家庭，做著僱僕看顧小孩的工作。

晚飯後，在狹小的客廳，擠坐著家庭所有的人，談起今年家鄉的清明節的見聞，以及追憶往日的故事。

約將近夜半，他們已經說得疲倦，準備就寢的時候，那位浪子出人意外地回來了。

他站在風雨的外面，像一個乞丐前來敲門。他以狼狽的模樣踏進客廳，倦乏地跌坐在沙發裡，他一面解開鞋帶，一面多嘴地詢問各人的近況；他的樣子雖令人憐惜，但他發出來的語聲卻溫暖著別人的心；他那張滄桑的面貌，顯露出回到家的無上喜悅。

那個剛剛來這裡不久的女孩，正羞怯地站在隔開客廳與臥室的紗門後面，靜靜地觀察這位音調形貌酷似她的父親的叔叔。

這個女孩想說出話來，但客廳的每一個人都幾乎因為這個浪子的突然歸來，再度把萎靡下來的談話熱興揚升起來。她沒有機會說話，心裡期望她的叔叔會轉頭看到她。

她這樣悶默地等候一刻鐘，她的叔叔一直沒有發現到她，客廳的聲浪告一段落停頓下來的片刻，她才羞短地叫聲：「阿叔。」

這位浪子被這句由左背傳來的短截的熟悉音調震盪起來，他揚眉急轉過頭去，看到紗門後面彷彿禁閉著一個小囚犯：原來一個身穿紅外套，黑長褲，留著長頭髮的女孩很落寞地站在那裡。浪子喜悅得用左手把紗門拉開一條裂縫，招呼她到他的身旁來。

這個女孩像一個成熟的婦人一樣緩步前進，羞顏地低垂秀麗的小頭顱，讓她的叔叔的手揉撫著頭髮，拂開遮擋在面部的散髮，審查著面孔。

客廳屏息地注目他們兩人，這個浪子一時羞臊起來；因為看到這個女孩的緣故，內心觸及了一件不能告曉的往事；他抑止了那個慾望，不敢在眾目的監視下，摟抱和親吻這個女孩。

這個女孩夜裡做了一場夢：她夢見赤裸著身體坐在床上談話的大人們，那些肉膚和景物都充滿美麗繽紛的色彩，一個小女孩站立在她的小手掀開的布簾門邊，然後她夢見那個女孩被大人們抱起來，互相拋擲傳遞著……

這個女孩黎明時和老祖母一同起床。她站在梯口對樓上望著，樓上的沉寂使她想上去看著她的叔叔。才踏上了一階，老祖母瞧見她，招手叫她到廳堂去，姑母的四歲小女孩也叫著她，要她一齊坐在雙座的三輪童車上，讓她們的老祖母來餵稀飯。

這個女孩和小表妹一前一後地坐在童車座位裡，老祖母公平地一人一口輪番餵著他們。

一會兒，這個女孩聽到叔叔走下樓梯的腳步聲，從盥洗室發出他濯洗的音響，之後，再

傳來他喝開水的聲音。

浪子到客廳來觀望一下，摸摸她們的頭，再退到餐室吃早飯。

關於她的叔叔的一切早晨的習慣，這個女孩腦中記憶猶新，但為什麼不能繼續住在原來的家呢？好像曾有一個魔鬼在暗中拆散了她們的樂趣……啊，她對繼父的一切是不能習慣和忍受的……

這個女孩的父親逝世的那年夏天，她的叔叔回來和她們同住在一起。

浪子是個天才的滑稽家，他能使一個哭得很慘痛的小孩笑起來；他有一雙魔術的手，會變小孩們喜歡的東西；他看來真算個慷慨的大富翁，只要小孩們對他有所要求；他也像一個小孩，白天都和小孩在一起。

這是一場古老的好夢了……

她和母親在晚上睡在同一張床上……

叔叔像她的父親，有權阻止母親不隨便打罵她，使母親不偷懶，勤於做家事，而且他和被餵飽。這時小孩已經不肯讓她再坐在她的車座裡了。

這個女孩和小表妹吃得很慢，當她的叔叔吃完早飯上樓換衣服時，老祖母才宣佈她們已經

這個女孩一步一步上樓的時候，小表妹也跟著她一步一步走上去。老祖母驚訝地呼喚著，她不准小孩爬那座樓梯，害怕小表妹不慎跌滾下來，因此再把這個女孩連帶叫下來，不要她做小表妹的模範。

這個女孩十分溫馴地聽著老祖母的話，牽著小表妹小心一步一步移下來。可是她也小小

抗議著：她不要小表妹纏著她。老祖母急忙過來，從她手中抱走了小表妹。

她現在獨自一人留在餐室，徘徊在樓梯附近，她發現嬰兒車裡躺著一個洋娃娃，她走過去，像抱著一個真的嬰孩一樣，用著雙臂把它環抱起來。她坐在一把靠背椅裡像一個母親讓她的嬰孩站立在合攏的雙腿上一樣，小心扶持著。她一面凝注那個面貌和她一模一樣的洋娃娃，一面前後搖擺著自己的小身體。

這個女孩的外表現在十分的沉靜，她實在是個異常美麗的女孩；有兩個大眼睛和長睫毛，秀挺的鼻梁，兩片微翹的紅唇，臉框的線條非常柔圓。可惜，因為舌頭太長，說話有些模糊不清……

浪子穿著異常整齊的衣服步下樓梯，看起來又要出門遠行了。這個女孩不敢再抬頭看他，把視線固定在娃娃的臉上，身體也不再前後搖擺了。這個情景彷彿父親逝世的那年夏天……

這個浪子走近這個女孩，彎腰低頭親吻她的臉頰，手放在她的頭上，溫柔地把那些垂下頭時便會落下來遮擋在面前的髮絲掠開。這個女孩靜靜地不加拒絕讓他這樣做。

「和阿叔一起走好嗎？」

浪子像是開玩笑地說出來。

「去那裡？」

這個女孩模糊不清的語音聽起來像已經哭泣很久。浪子突然猛醒過來。

「哦，我也不知道，但總有吃有住……」

「去那裡?」

這個女孩的聲音變成一種急切的央求,抬起頭注視她的叔叔。

「啊,也許和祖母一起比較好罷?」

浪子羞慚而不安地說。他站直身體,躲避那雙索求答案的大眼睛,轉身急走到客廳。浪子的手握住門把,突然躊躇著,再回身走到餐室。這個浪子的眼睛也紅起來了,那是因為被這個女孩的可愛的臉頰掛著的兩行粗粗的淚痕傳染。他羞愧地問道:

「媽媽安好嗎?」

這個女孩點點頭,才像受到安慰一般羞澀地垂下頭顱。當這個女孩再抬起頭來的時候,

這個浪子已經走了⋯⋯

僵局

鍾獨自一人坐在起居室的沙發椅，細辨著樓下傳來的斥責的嘮叨聲，這種對小孩子們所施的尖銳而帶著強硬的訓話，鍾已經聽慣二十幾年；自從他八歲入學開始，情形彷若日夜電台的播音，意識和音調從來不變。他來只是為了一件小小的任務，他認為犯不上必須在此地等候晚餐。他自己也不知道為何會被留下來，困頓在這間華麗得可笑的屋子裡，始終沒有人上樓來和他說話。

他開始有一種感覺，當他抬頭時，他注意到那張長桌和圍著它排擺的十二張椅子，有若一羣小組織正在那裡磋商計劃。他聞到一種流蕩過來的陰詭的微風。在這幽黑且窒悶的室裡，長桌的上空有若電流一般流竄著貓眼的光亮。一隻壁鐘貼在鍾對面的牆上，這是一隻新穎的電鐘，鐘面同樣流轉著無數三角形的螢光。鍾站起來，猶疑一下，開始在屋子裡輕慎地走動。

他從那些椅背後面走過，手指輕輕地撫摸那些二根跟著一根的粗簡的橫木。他踱到一面壁櫥之前，朝著排列整齊的玩偶和杯盤審視。他覺得玻璃飾物和咖啡杯之間不能產生調和，那些一排又一排的咖啡杯看來不是為了要飲用時所需，那些人會到這裡來飲咖啡，而且它們並不是精製品。鍾對它們的用意感到費解，他從壁櫥轉身踱回來，他看到他剛才在那裡默坐多時的沙發（對面還有一張），發覺它們也並非為了聊談休息所用。

當鍾穿過一道特別設計的圓門，進入鄰室時，這是一間臥室，這間臥室種類繁多的陳設，整個情調馬上使他悟知一點。她是為了讓鍾從這些裝置上確認她是美好和快樂。但鍾非常明白，這是地球的一角，人們在幸福的象徵上已經從表面的架構移去。她在色澤和樣式上顯示著她的無知和落伍。鍾靠近一架大型收音機面前，扭開開關，他轉動著，想從它收聽現在外面的一點消息。除了一種性質凶烈的音樂流出來，沒有其他。他繼續來回扭轉，最終那個移動的指針停止，整個機器也告失靈。

他膽寒地回到起居室，重新坐在沙發椅裡，埋著頭思索。貞已經死亡。今天是清明節，鍾依誓言必須離城到郊外掃墓，昨天突接上司命令前來辦事。當貞患肺病的時候，有一天晚上，他陪她涉過一條小溪，希望抵達彼岸的一座果園。他們行抵一堵石頭築成的堤防，他先上去，然後俯在石頭上伸手給她。他緊握著她冰冷的手，拖拉著她，但貞沒有上來，她的手越拉越長，始終看不到她的身體浮上來。

一個男孩和一個女孩陪鍾吃這頓晚餐。屋後不斷發出東西抓門的響聲。那個女孩心情愉悅地說：

「明天有人來牽走莫利。」

「我不敢吃狗肉。」她又說。

「我敢吃狗肉。」那個男孩說。

「莫利是誰?」鍾問女孩。

「莫利是我們養的母狗。」

「莫利應是雄狗名。」鍾說。

「不救。」那個女孩笑著說。

「妳不救牠嗎?」鍾又說。

「為什麼?」鍾又問她。

「我不救。」她迴避他說。

「妳是個教徒為何不救?」

「母親是,我不是。」

「但是妳和她到教堂去。」

「她去,我不去。」

「妳不是說她到那裡妳都會跟著她嗎?」

「她去教堂時,我沒有。」

「妳應該救救牠。」

「我不救。」她又笑著說。

「妳真的不救?」

「不救。」她又迴避他。

「妳救牠可以……」

「不救。」她笑著。

「假如妳救牠……」

「不救。」她又笑著。

鍾望著那盤炒豬肺生惡。兩個小孩嬉笑地開始他們的交談。鍾沉默直坐至餐食完畢。

虔誠之日

那個禮拜天，我從昨夜躺臥到翌日晌午。一股刺鼻厭惡的煤煙打斷了一切，我躍起上身爬向窗邊，臉孔一直迎著經由敞開的窗戶滾進的白煙，從那條隙縫，再透過一層紗網，經常在那塊地方升起火爐的婦人蹲在那裡，我對那敞露著雪白的腿肌和祥和低垂的面目瞥望一眼。

窗戶關閉，自我悶禁在黑漆的斗室；我經常如此，為使巷道上的污染不致侵入室內。當我扭亮電燈時，始知桌面和地板上昨夜所演的混亂的殘跡。我思索著，從抽屜掏出那封禍因的書信，重新把契約和信文冷靜地展讀一遍，感受已異於昨日受辱所暴發的痛怒。一向受我信託和信賴的那人，竟然如此卑狡。我省悟到事實上我將不會損失巨重，從一種難斷的偽善的交誼圈中撤退就可藉此機會。那人一向高人一籌，使我始終在他居高的聲望傲視之下佯裝著卑小；從有一度我認清他那虛架的榮譽之身開始，便在心目中存有阻礙；這種現世偽詐的

友情的存在，也應歸咎到初衷期待的幼稚的憧憬，讓那人的誘惑乘隙而入。

我著衣外出，有幾件事必須今天去做。首先我搭公共汽車到城中心。我按照收據上的日期走進修理店取回一架小型的相機。他曾索價高昂，前天我與他激烈地議價。今天他的和善與那天的倨傲雖是判若兩人，其實是商賈的一個同涵而多變的面目。他好意似地贈送一盒價廉的軟片取悅我，我本想再陳述一番那天價錢的爭執，卻因口吃而終止。

當我踏進公園門口對面的那家冷飲店時，第一眼便察覺她那拙裝的嬌羞。不出所料，她會等候在角落的同一座位，她從啜飲中抬頭，對我迅速而詭密地勾瞟一眼。這種蕩魄蝕魂的啟示，正好提醒我有信心會在今天贏得我所意願的一切。我頗表疑惑地坐在桌的另一面審視她，她那起伏不已的癡笑始終掩不住兩顆又大又白的門牙。在這第二次印象裡，她像一隻又肥大又溫淑的鵝，伸縮著那管細長而會轉折的頸子。我暗地質詢自己到底在第一次邂逅時產生了什麼難以控制的心願？她與所有商店裡的女郎有何異處？我選擇她為何不選擇另一位？

為何我如此自我埋沒和侮辱？

我想到了我把那天血液沸騰的企慕壓抑延遲至今，我不應該駕馭我自己服膺秩序。我變得如此冷淡和空乏，那位本想與她共同做成一件轟烈的事體的我未曾帶來，完全不可能喚回熱情和一切。在此深謀與對立之時，我想到了既往和將來，感覺到本地扼重的習俗，和對她那單純的人格的恐懼。無疑地我信奉的自由，重建和維持已久的孤寂的樂趣將會毀棄；我已經預先看見她即將在未來在我面前顯現的尖酸刻薄的面目，她的巨臂的冰冷將刺戟我且扼困我使我逐漸窒息。

我在思考中長時維持的靜默，已經使她產生變化；我在這奇變的過程中，目睹她由狐疑而至恚憤，至於以潑罵揚裙離去。隨後我也離開那不可能重臨的冷飲店，穿過公園，走過數條大街，走進一家公立托兒所。

小兒看見我出現在門檻，他那搖擺自戲的小身體頓然靜止。嵌在那白色臉面上小而黑的眼睛盯視著我的移步，我從他的面前經過，聞到他一聲卸重般的巨大嘆息，我走向壁爐，他隨我側轉，我在壁爐前的石磚上坐下，他迅速地攀附著木柵把自己移轉到我的面前。我靜靜地觀察他逐漸上漲的激動，他的小手綿柔而精緻，從木柵條縫間伸出來，祈求而顫動，他悲憤而哭號。

是的，當我一旦由懷抱中放他離去，他照樣號哭不已。他的傷痛由哭泣來顯示。通常我每星期日下午來看他一次，照例傾聽看護婦對我陳述他的一些劣跡，然後我抱他在另一室咿啞戲談至黃昏。

我樂意讓小兒在我們戲耍時對我的攻擊，他報復般地凌辱我，使我的外表至為狼狽。我可由他的運動中體察他在這禁室裡的煩悶。他長時總是獨自在柵條邊沿搖擺身體以度光陰。我教他一些姑母教我的手語，他也會在高歌時咿啞唱歌。他的一切因我而生而改變，他只是我不幸的延續。這就算是延綿生命。

這一天的事大致已經辦完，只剩一件輕鬆而平和的事做為餘興。回家我總是走著同一路線，而且絕不搭車，由托兒所走過一條街，有一所長老會教堂的尖頂豎立在兩旁官廳建築物之間，當時我從牆邊走過，已經瞥望幽暗的教堂裡景象佈滿奇異；在講壇兩旁，並列著白色

巨大的蠟燭，身材魁偉的長老套著白色罩衫，詩歌的聲音比往常更加徐緩地流出，我走上台階，立在門口中央，我像往日一樣走進，意料之外地為一面不奇特的人阻止。

我是這所教堂忠懇的教徒以外的闖入者，我習於在此刻依附一羣人唱首聖詩為時並不久遠；真的，當我離開我兒，我需要一點慰藉緩和情緒，阻擋我進入的人我未曾在此地看到，當他對我搖頭和注視我時，我突然醒悟他是誰。他相貌平凡和粗糙，並非一般狂烈者所宣傳的那種修飾過的漂亮和浮傲的神態，他的衣著簡陋沾有塵土而非秀緻和潔淨，他是個削瘦有臂力的工人而非肥弱的書生。他把守在那裡看來是為了嘲諷和維護，彷彿一位小丑守在猛獸的檻門。那些二在現世以名譽代表他的人，此時莊嚴地坐在高階的講壇上，瞟搖著浮幻的眼珠；象徵他的精神的燭火，在這日落的城市顯示暗澹和脆弱。他真正的神奇，乃在他善於多變，無所不在；他是突然降下擋住我走進，我一退步，他即形消失。

真的，我承認微妙的詩歌也不能慰人。一切都不能，我早知如此只是無力否認。唯一我能再活下去的理由，不應是那二在往日纏絆我的習俗和倫情。我必須一點一滴靜悄無聲地把它們遺忘，把現有的一切都拋棄而不驚擾和觸及到別人。在我的無比微小的世界裡，痛苦自嘗，快樂亦只縈繞在心中而不溢出。

我的戀人

一

當我的背部靠在紅水槽汲水站的磚牆守候我家的水桶時，大部份時間我朝著另一個目標注視；類似一隻極為清潔樸素的鳥的女人；她的身姿和容貌在近鄰的一間矮窄的西藥房裡吸引著我的眼睛。我的生活全是單調和枯燥的勞役，並且由衷地厭惡我的同輩們喜愛做的結黨打戰的遊戲；在他們眼中，我的狀況似乎顯得孤獨和無趣。

我不改變姿態，沉默地耗費了幾年的時光觀察她；她的羽彩在四季中變換著，充滿著青春適舒和誘人的容姿，我看著她懷孕，產下一個女嬰……她的一切都印記在我的腦中，我的手握著小刀在水槽石壁挖鑿，刻劃著她的造形。

假如我有憎惡的人物，那便是她的丈夫——那位勤勞而吝嗇的黑矮的男人。白天我見不到他，便專心於我的守候；晚上，我獨自迎著風沙在街道徘徊，窺視他和她面對面談話，緩慢地吃著晚飯。他站起來達不到她的高度，膚色黑白對比；我異常恨透他。

有一天晌午，我膽寒地拖著挑水的扁擔朝她走去，心裡疑惑地突然向我招手要親自對我說什麼？在她身側的籃車裡安睡著她的女嬰，當南風吹起來時，我常見她怠倦想睡，但是，這時她對我親善底微笑是為了什麼事？

「來，來。」

她對我頻頻招呼著。

我僵立她的面前，心裡感到慌張。突然她的雙掌伸出迅速捉住我細瘦的肩膀。

「你看我做什麼？」

她並不粗暴，細聲溫柔地問我。

我開始掙扎，膽怯地望著她。她貼近我的臉孔的黑色眼珠在閃耀，雙唇在微笑，她原來纖白的臉頰紅潤了起來。

「告訴我，」她繼續溫柔地問著：「你為什麼總是立在那裡盯著我？」

我說不出話來，逐漸在心中充滿了害怕。我扭動著身體極力擺脫那雙有力的手，但那是兩隻固執而牢固的肉鉗。

「告訴我，」

「不，不……」

我恐慌地喚著。

「難道你不在那邊天天注視著我嗎？」

她終於顯出焦急的態度，開始搖震著我。

我在她的手肘皮上咬一口脫身。當我回頭看她時，她還立在屋子裡面不解底朝我微笑，

惋惜般地搖頭……

二

當我懂事的年齡已屆，我是如何驕傲自滿地回鄉來，誇耀地走向她，對她自薦是個畫家。

她在紙上的形象，已經是個豐熟沉著的婦人。她的款腰弄姿的態度已經消失，她的頭在碩大的身軀的比例上顯得小巧；但是她的眼睛審慎地觀察我，心中似在思索，臉容露出詭譎的微笑，要求我把她的七歲愛女也繪在同一紙上。

我不能分辨是她誘我或是我誘她，當我們共同去看戲的時候，有時是她出錢買票有時是我。這全然不是因為禮貌的關係。在兩個人就坐之間，我和她的手相互握住，壓在條凳上；但僅止於此，互流著曖昧而憂鬱的心聲。

我沒有問及她，她反問及我……

「你為什麼喜歡我，我有什麼值得你這樣待我的地方？」

／僵局／   108

我覺得這彷彿她的魂魄調換著我的魂魄的對我的問詢。深恐她會從夢境中醒來，自尊蒙受嚴酷的傷害，我不能以相同的問話反覆。但是她卻焦慮了起來，她的內心似乎為恐怖的陰影遮蓋；她說：

「你還擁有許多光陰和遠大的前程，你的面前的廣闊的的道路有許多豐熟的果實，」我默默領首。——「你能如此耽溺於無望的愛情，改變不能改造的事實？這樣相配嗎？你心中不曾隱懷著懼慮？你真能長愛不疲？你看我是不是老了，像那個陪伴我終身，做我奴僕的小黑老頭，老實告訴我⋯⋯」

我莫名其妙地對世界忿怒著，手和唇都在顫抖。

「我為什麼去顧忌世俗，跟我走罷，離開這個陋鄉。」

她堅決地搖著頭；我終於離開她，不忍讓她如此苦惱。

三

一切事物的展變我都能忖度意料。堅硬不敏的膝足拖著我回邁紅水槽舊地。這座已經被廢除的汲水站的磚石佈滿著綠苔，唯一的漏水口龍頭不見了，木栓緊塞著鐵管。他們想把它去除掉，工人圍攏了過去，磚牆遂遭受到大鐵槌的打擊而裂開粉碎。

除了我，沒有任何人能隱約辨明我的戀人的雕像，我駐足發楞，一如我的童年的守候。

突然昨日吸引我的眼睛的事物再度奇幻地引誘著我；那間昔日矮窄的西藥房，以脹腫的

姿態聳立於我的眼前，它的規模驚嚇著我，而那位青春一如尚未開花結子的果樹的女郎，對

我搔姿舞眉，使我的心情在瞬息間轉化。

我的心撲撲地跳躍；一把原始的火燄未曾熄滅。

我知道事情應該怎麼去做，因為我有許多經驗；我曾以率直蒙嘗許多挫折，我便懂得一

些委婉的方法捕回我的獵物。

「年輕而現代的女郎，妳還記得妳的童年和兒車嗎？」

「我記得。」她回答。

「妳一定記得左鄰的紅水槽的可笑模樣？」

「雖然它已毀掉，我相信永遠記得它。」她回答。

「妳曾摸擦過紅色的牆磚，發現一個女人的雕像妳也在那上面模仿。」

「我做過。」她回答。

「妳記得妳的母親？」

「記得。」她回答。

「為什麼我會忘記她？」她裝得生氣而高聲大嚷。

「很好，妳相信妳的面龐和身姿像她嗎？」

「一模一樣。」她回答。

「那麼妳一定記得一張畫卷女郎。」

「什麼畫卷？」她困惑不解地望著我。

「畫著一個母親以及一個七歲的女孩，紙張或者已經變黃。」

「啊，我知道了……」

「那位畫者便是我。」

她開始微笑，貼近我的臉孔的黑色眼珠在閃耀，雙唇在微笑，她的臉頰逐漸紅潤起來。

她受到我莊嚴和年紀的保護，她在我的諂媚的掌握中；我的雙臂輕輕地摟著她，在月下或臥室裡吻她；我沒有看出她有半點疑惑。

俘虜

一個男孩把書包埋在沙裡
他搬動一塊石頭壓在沙上作標記
他走近海灘那裡一道鐵絲網阻著他
他把身體貼住地面穿過鐵絲網
爬過鐵絲網他在濕淺的海溝行走
退潮不久，不過潮水一會兒總會重來
整條海溝他看不到有拾蚌人
在午陽之下他繼續前走
白殼的沙馬蟹紛紛鑽回洞穴
他向後看，木麻黃樹下面風掃著散落在沙上的針葉

那些高大的木麻黃樹林沿海岸連綿不盡

他望得到高凸在沙地上的碉堡

他的視線移到碉堡後面的兩間低低的褐色茅屋

他想：那些生活與鄉人不同的駐防的士兵現在大概躲在茅屋裡午睡

濕濕的沙地給他的腳板一種適快的感覺

他一面走一面踢水

在他的前面沙丘呈著一條很長的白色

沙丘上空水蒸氣在浮動

炎熱一直上升，他清清楚楚聽到腳踢起水的聲音

蹚完了約一百公尺的海溝腳開始落在乾沙上

他鼓起勇氣要衝過眼前燙熱的沙丘

奔跑的時候腳板深陷在柔軟而滾熱的沙裡

他奮力地跳躍奔跑腳心又燙心裡又狂亂

他的模樣彷彿由背後被槍擊而跳躍的猴子

他跳上一隻半埋在沙裡的破損的竹筏

他還在不停止地踩著兩隻　發散沾黏的熱腳

坐下來把腳板翻過來看看

用手撫揉腳底一番

他的眼睛注視浪頭很高的海水

脫去身上的衣服

他向捲滾過來的海浪急奔過去

他和一個浪濤相撞，他仰倒而浪濤碎開

用手在淺水中划著自戲

他抱著頭衝著每一個浪濤

———

這是一個夏季燥熱的下午

他找不到任何伙伴同來游泳

他實在不願在遊玩的日子到學校補習課業

去年他曾經在這個海灘和一群大人一起拉網捕魚

他們說：像他這樣的年紀工作總帶著一半的嬉戲，只可以分到一些小魚帶回家去，有時

他們發放很低微的工資，那麼晚上他便可以買張半票看一場電影

自海岸打起鐵絲網，到海邊來拾蚌和捕魚便受到限制，那些較他年長的男孩女孩都到城

市謀生工作了

魚羣

———

很奇怪，他聽到那些年紀大的捕魚人說，自從沒有捕魚以來，這段沙岸也不再靠近任何

他轉回來時，潮水已經灌進海溝

潮水把沙丘包圍

他懂得一點潮汐的常識，也是由捕魚人口中聽到

他把衣服舉到頭上涉水回來

海溝的水深到他的胸部，他瞥見

由碉堡裡冒出一名衛兵

喂，小孩，走過來

後面又跟著走出一名軍官

衛兵雙手端著槍枝，刺刀閃亮著陽光

喂，聽到嗎？走過來呀

他一面加快腳步轉開，一面望著到水邊來的衛兵

你不走過來，我用槍打死你

那位軍官對他喚叫著

他向他們走過去

他穿好衣服跟著軍官走進木麻黃樹林

又跟著他由碉堡走到茅屋前的一片空地

他看著幾個衣衫不整的閒散兵士圍過來

他們臉上都帶著嬉笑

你叫什麼名字

軍官坐在椅子上

我問你，你要回答

他望著面前的軍官不回答

不回答就不放你回家

蘇永輝

住在那裡

信義街五號

幾歲

十二

你到沙丘那邊做什麼

游泳

你沒有撒謊

沒有

索查他的身體

其中的一個插嘴，軍官蹲在他的面前摸索他

由他的口袋裡掏出幾粒貝殼

他對軍官手裡的貝殼看一眼

你會游泳

會的

還有其他人嗎

沒有

你的膽子很大

是的

看到沙丘後面有人游泳嗎

沒有

你知道不知道不能到海邊來

不知道

不知道

知道

為什麼要來

有人說可以

誰說的

記不得了

你一定要說出是誰

真的記不得

那個人也許是匪諜

鄉公所的人

他們大概指持有入海證的人

他們曾經說過可以

你有入海證嗎

沒有，小孩不能申請證件

沒有入海證不能到海邊來

我來撿幾粒貝殼

他又對軍官手裡玩弄的貝殼看一眼

軍官低下頭細看貝殼上的花紋

我撿貝殼是為了送給我的妹妹

不許可

軍官搖搖頭

你家裡有幾個人

六個人

父親做什麼

他是瞎子

他以前就是個瞎子嗎

以前不是，以前是工人

還有什麼人

母親，兩個哥哥，一個妹妹

哥哥做什麼工作

在城市做工，我必須照顧妹妹

我要把你關起來

讓我回家去

我先打電話問鄉公所的人

我沒有撒謊

假如你說謊就用卡車帶走

那位軍官瞪著他露出獰笑

把衣服脫下來

軍官命令他，他赤裸著臂膀和胸部

褲子也脫下來

圍觀的士兵發出細細的議論

快脫下

軍官真的動怒了，站起來在他的臉上打了一巴掌

他把褲子脫下來

119　　／俘虜

軍官有趣地察看他赤裸裸的小身體

把他的衣服和貝殼放在桌上

跟我來

他跟軍官走到碉堡，背後的士兵發出一陣一陣嬉樂的哄笑

軍官命令他走進碉堡裡

用手推他的背，他跟蹌地滾下去

他聽到軍官吩咐衛兵看守著他

在黑暗的碉堡內他迅速淌下了眼淚

——

他倚靠在窄小的槍眼窗洞望著海溝的漲潮

沙丘快被海水淹沒了，像一隻海龜浮在水面

黃昏來臨，他才稍微平靜地在裡面走來走去活動

黃昏來臨，正是潮水高漲的時候

他細細觀察海水由綠轉紅

看見太陽光把海水染成血紅的色彩

他面向牆壁偷偷地小便

他想：現在學童都已經放學回家吃晚飯

他聽到頂上衛兵走來走去踏壓沙子的聲音

由碉堡進口能看到衛兵的大鞋和朝下的刺刀

喂，小孩

是那位軍官的聲音

上來

他由碉堡羞怯地走出來

軍官現在沒有任何威嚴的儀表，軍官蹲在碉堡旁邊好像大便的姿態，軍官只穿著準備吃

晚飯的內衣，軍官沒有帶帽子

軍官把衣服和貝殼還給他

軍官看著他穿上那些破亂的衣服

軍官的臉上又浮出戲弄般的獰笑

我打電話去問了，根本沒有那回事

他根本就沒有打電話，或者他打了電話那邊根本就沒人接，今天是星期日，鄉公所沒有

人辦公，小學生繼續上學校補習課業，他只是把對付一個有意的成年人的事拿來試用在一個

無邪的小孩

他穿好衣服靜靜地站立

本來打算用卡車把你帶走

軍官繼續蹲在那裡囉嗦，為了克盡職責保衛國防他應該如此，但是

他把他釋放了

爭執

他們告訴戴先生她在大廟裡；他們看見她和一大羣人擁進新厦落成的廟寺去朝拜那個神。祂很靈驗所以有很多人相信祂會幫助他們。廟寺從路的這一邊朝望顯得很偉大，圍牆很高，屋頂非常華麗。無數的車輛駛到左側的空地，步行而來的人擁進那個設了玄關的側門。

戴雜在那些衣履整潔的男女之間，他看到玄關附近走動著數名警察和憲兵。有人朝戴的面孔推舉過來香紙和禮品，他搖晃著頭顱，舉手拂開那些東西說「不」。

戴毫無辦法似地站在走廊，瀏覽著廣庭上熙攘和蠕動的人們。離戴不遠幾位衣衫襤褸的男人扶膝坐在石階上。庭院上，他們把禮品和水果之類的東西擺在桌面，幾乎有六十張方桌整齊地排列在那裡，還有無數的長凳。他們手裡握著點燃的炷香拜向神殿裡的神像，擁擠在神殿前面座上和走廊幾乎有一千人以上。戴步向石階，然後就像在一片雜草的荒地愚蠢地走

轉著。

戴必須遵行些禮貌，這裡畢竟不是生長雜草的荒地，但是他們也有些令人厭煩之處。他有點慚愧，他對他們總有些騷擾；他對他們的眼光在索視他們每一個人的臉和身體；戴在特別擁擠的地方扳著他們的肩膀，強硬地在他們柔軟的肌膚之間穿擠過去；戴會說：「對不起。」他心裡開始產生忿怒。她到底在那裡？戴不知道，也找不到她。他繼續行走尋視。

他到洗手間和廁所的地方，那裡也有許多人。人們不斷地在流動，他那不斷轉動的頭和表情，令人看來頗為可疑。他自己感到有些愚蠢。當他又回到庭院邊側的走廊上，他抬頭望望那些高大直立的柱石和雕刻的文字，他朝向橫梁和頂穹呼叫著：「這裡存在著多麼大的空洞啊。」那些單調的柱石彷彿放大的火柴棒似的無價值。他們不是為了美麗它是為了什麼？此時戴連她的影子都看不到。

他被祂（神像）嚇了一跳，當他走到神殿的廊下，向裡面的神龕朝望的時候。「你太巨大了，而且太威嚴。」他逐漸由心底升起一股恐懼的虔敬。他站在圍柵的前面，不敢隨便移步，以一種審察的表情注視那張充滿漆光的臉孔。

會懲罰我嗎？

戴恢復了鎮靜，而且漸漸有一種侮瀆的心思。他以為在那個戲劇化的裝飾裡面藏有一個木料的實體。現在，他的眼光直視那張非常突出的面孔，祂的臉集相學上所稱的優點。假如

你是這等模樣，這豈不是雕刻師的錯誤嗎？

你裝扮成這樣是威嚇。

威嚇是一個起點；一切的起點。戴從理念中升起對祂的批評。

我非常抱歉，我的意思是指謫雕刻師。

我知道他們盲目信仰你，但他們也獲得報驗。

她在那裡？告訴我。

你知道她在那裡，祂說。

我？我知道，你豈不在開玩笑。

戴看祂又歸為沉默有點惱怒，他瞪著祂，想把自己心中僅剩的那一點忌慮也排擠出去。

你敢情就是一樁欺騙。

願不願被欺決定在你，老戴，祂又說話。

我非常抱歉當然，決定是在我。

他們對祂的崇拜不是戴所能干預的事。我是這樣的可笑和自大，戴自己這樣想著。決定

在我，祂說的的確很公平和合理。決定在我，這一點我要牢記在心。

祂能嚇倒人，連戴在內，也被祂所嚇倒。戴四處觀賞，用手指摸摸石柱雕刻的龍鬚，那

些在戴的眼中充滿虛假和蒙騙的事物，卻根植在他們眾人的心底，相信祂的真實。戴也能寫

籤條裡的詩句，但相信戴所寫的勸告握在他們手裡就不會產生任何反應。

有你就沒有我，有我就沒有你，對嗎？

的確是這樣的，老戴，祂說。

你和我是同等高。

但把你交給我，你就省得自己煩心。

把我交給你，也許，但我對他們的卑視這怎樣說？

你也是他們中的一個。

戴回頭望望庭院的人們。

這一點我不願，我不是他們之中的一個。

那就沒有什麼可爭辯的了，老戴，不過我要提醒你，自己料理自己有多大的不便啊，現今不比往日。

的確，你的話有道理，但還是讓我試試我的辦法。

隨你的便，老戴。

神殿前的庭院發生了巨大的騷動，那裡的人有些散開，也有些人圍攏了過去重重包圍。警察和憲兵成為一組迅速跑進來，把一個男人捉住，兩位警察扶起一位癱倒在血地上的女人。戴由神殿的這一頭走到那一頭。原先坐在石階上的幾位衣衫襤褸的男子自動站起來離去。戴聽到擴音器嗡嗡的聲音，庭院恢復了平靜。擴音器發出模糊而滯重的口音說著：「各

位善男信女，本宮定本月十五日祈求平安⋯⋯」聲音繼續反覆宣佈這個消息。戴想她也許藏

在那些埋首跪拜的人中，那些人站起來，證明並沒有。他在離去之前不由自主地又回頭望望

那個偉大和居中的神像。

喂，老戴，怎麼不多停留一會？

我必須去找她，你知道。

假如你願意多注視我一分鐘⋯⋯

我知道你的詭計，你想懾服我。

你只不過是他們中的一個，老戴。

這點你說得太多了。

呆板

E祕密地結婚去了，他始終不知道這件事。那天他在屋外採集花朵，各色各樣的花握成一束帶回屋裡。他未想到屋裡居然連一隻花瓶都無備置，事實上他踏出屋門之前並沒有計劃去採集花朵，甚至從來未曾想在這暫居之所裝飾。因為一切在現代的生活中所應具備的資財都沒有，當然也不在乎這間屋宇的簡陋和幽暗。貧窮和不義的打擊結果使他不願在這俗世的活命中去做各種各樣的計算。當他踏出門檻，心中因長期的等候所疊積的焦慮和困頓才為竄流在曠野間的清新空氣衝散。在那片為冬季的寒冷凍僵的土地上散步才愕然發現春天長出的野花。想到友人將開始陸續在這一日的黃昏到達，歡欣漸漸擴大展開，使他付出竭誠的行動採擷。但是，他匆匆回來，手中握著花束，發現憂鬱原來屯積著整個室內，就像看見自己披髮污面望著他站在門邊。囚居整個的冬天，終於明瞭自己的面具是如是地霉爛。

哦，天啊，看看這所居室吧，這個罪過再也不能委諸他人了。

他靜靜地坐在黑暗裡，不能明白現在的外界到底發生了什麼，促使約諾的友人一直未達的原因是什麼。整個冬季的僵立，漸漸使他懷疑為什麼他會單獨一個人寓禁在這所孤立的房子。今晚他的心急遽下降，變得無比的心寒和冷傲，一張許久不曾騷擾他的思緒的熟識的女性面孔在想像中如是地溫柔美麗，逐漸取代了友人不一的面貌。在這樣持續不已的黑夜中，他第一次變得如是地軟弱而無法阻擋一切襲來的幻想。

第二天他棄屋而去。他走進電信局打電報告訴她，他想只有一個冬天的分離，她是不會那麼快遷徙他地。在電文中，他簡單而扼要地寫著：一切請寬恕，我將回去。

再回到市街，整個城鎮的街道，每家屋前的旗竿中間都結著一面色彩鮮明的旗幟，空際中瀰漫著低氣壓的濕氣，每面旗卻像垂頭沉思的樣子。他一面走一面感覺，整座城鎮彷彿陷進一種無比的嚴肅和沉默之中。終於他遇到了解答這種氣氛的行列，他退避在人羣的後面蹻腳抬頭察看，首先是樂隊整齊的步伐和莊嚴的樂聲，一張與E的相貌相似的巨大照片架在汽車上過來。他注視那張漂亮而威嚴的照片，兩顆與每一個人都交視的眼睛，突然對著他拉下了眼簾。他一時精神陷進一種預兆進入的困思之中。他正與這羣葬禮的隊伍相遇，彷彿逆著一次又一次的水浪前進。匆匆趕至E的家裡，才知E已離城多時。

他輾轉回到家裡，不料她已先他席捲逃逸。他踏進家門，屋內一切彷彿經過盜賊洗劫一番，歡躍以及悔痛的淚水被這種狼狽景象嚇回肚內。他癱軟在一張蒙塵埃的沙發上，這時，一條草蛇從壁洞伸出，經道零亂散置的家具，輾過他赤裸的腳背，再從門口舒舒滑去。他頓

時明白她逃去的緣因，他彷彿在一暗室，目睹著平日相互毆打凌辱的凶貌的映畫；無疑她會這樣相信——在家等候他，無非是再迎惡魔歸來重扮惡戲。

他跪在地上，將一片一片為她撕碎散撒在地板上的電文紙屑撿拾起來，湊合在桌上，他細細去觀察思辨她洩於電文紙之無底的痛恨。無論如何，他這樣決定著：必須追尋到她，將痛悔的真情親自向她表露。

但是他將到何處去尋找她呢？誰會助他，相信他將以無比的馴良抵償往時的殘暴？人們的虛情所共塑的畸嬰，將復以殺害毀滅為快，如何能瞭解他現在將以成全回報昔日所受的摧殘的意志呢？以牙還牙是誰說了這樣的錯誤之言呢？

是的，他必須告訴她，讓她完全清楚他的壞脾氣不是因她的錯處而發；她沒有任何一點愚蠢之處。他必須讓她明瞭，她應是他的一切思想的見證人，而不是他的瘋狂行為的指控者。

他沉靜片刻，然後才推門走進，她早以無比勇氣之眼神守候這道最後的門檻，望著他終於抵達。她睡在病床上，好像埋在冬季的白雪裡，僅露出喘息用的頭顱。一張枯槁蠟黃的病容已經取代最初邂逅時的美麗豐頰，長而且密的黑髮也已經轉灰脫盡，露出與他彷彿同胞的寬蔓的前額。他緩緩傾俯在她的身軀之上，以及雙臂摟抱著她付給了代價所剩餘的瘦體。

護士拿著一張貨品單走過來請他簽字，他的眼睛由手拿的紙片移到一空床上堆積如山的慰問品和花束。

「那些是什麼？」

「是我所見最多最珍貴的禮品。」護士說。

他走過去仔細觀看那些被裝飾過的紙盒，用手指撫摸著它們，他隨便寫下了姓名在貨品單上遞給在身側等候的護士。他靠近窗邊，把百葉窗拉開，眼睛剎那間被突然射入的光線刺激不能張開，他的眼簾迅速地顫抖著。後來他驚訝他是站在極高的地位，眺望遠遠離開他的城鎮風景。他的外表以一種不變的表情持續在那窗邊。

想像中E騰達了起來，E的哲學之表現彷彿兆億的蠕蟲啃食一切靜靜不反抗的肉軀。有一個雨天，他正要衝過街道，一部汽車突然在他的邊側煞車。在那一刹那，他停在路面中央望著汽車窗裡的那張面孔，當那隻滑稽的棒子在玻璃上掃劃雨水之後，那張戴眼鏡的臉孔肌肉像被硫酸蝕落，不斷地往下滴流。E娶了一位身材比他高很多的美麗女人，如他一向在學識淵源中所不可忽視的，這個女人是出自名門。但是E的妻子是許多人們仰瞻的偶像。至此已經明瞭：沒有所謂共有之物，那從不理會個體之痛疾的至高的德尚和倫常，為什麼個體要去無畏的肩負它的義務呢？E博學多聞，他的地位與日繼增。看出來；E的善惡心彷彿那個女人的狹窄臀部和粗曳的喉音。

他上著草坡，迎面的逆風使他想起那天在街道上遇到葬禮的人羣，彷彿逆著一次又一次的水浪前進。回到棄屋，情景如昨。那天夜裡他等候至天明，之中他沉睡了片刻，醒來時聞到遠處的犬聲，他嚇然從椅裡站起，打開窗戶，一片清晨的落葉被風吹進室內，他疑為一封信箋，仔細地端詳那些如符號文字的葉脈網紋。現在那片樹葉已經腐爛在桌上，留下枝脈，

彷彿安睡在泥土裡，最後僅剩下骨骼的愛人。他離去時為衣裾拂掃翻倒在地面上的破碎的杯子，散亂的玻璃片依然故態，水已被地板吸乾，花朵變成枯萎的黑泥。他坐在椅子裡彷彿等候友人的坐姿迎候黃昏，夜裡亦靜靜地坐著，一切幻想都集中在她由醫院的病室推出，乘著電梯下降，然後移到草地上落葬的景象；因為所有的悲狀都化身為真實。

空心球

柯在祈望車輛駛來的時候，發現隊伍越排越長，那位鄰旁的女人的肩臂不斷地撞著他，使他一直往後退據。柯終於明白，使他的位置距離牌柱越來越遠的原因，是人們紛紛從中插隊。那些從黑漆中冒出來的人像是沒有停止，站在隊伍中的人呼叫他們到他們身旁去。就這樣柯始終是隊伍中站在最末的一位。

柯舉步往前走，察看一張一張陌生的面孔，這些面目無一是柯所熟識的；他從無和他們有過接觸，平常柯是不屑去訪晤他們，或與他們進行交易。柯仿照插隊的人擠身於他們的臂膀間，但他的身體彷彿為彈簧彈了出來。「我原是第一個來此的人」這句話絲毫不能得到他們的信認。然後，柯使用了祈求的語聲懇求他們讓他插入，但人人向他做出卑夷和辱罵的面孔。

柯擒住了一個插入者，指他破壞了秩序使他遭受到損失，他們異口同聲保證他，他們聲

言本來早有約定，所以先先後後前來。假使柯也有朋友在此，亦可以這樣做。柯憤喪地蹓回來，想向那個女人申訴一切不合理的情形，但是他發現兩個即將在明天結婚的人，正閉住眼簾互摟在一起。

柯有職責陪他的病人持守到最後一刻；仁懷心使他衡量到，不使他的朋友感到臨終的荒漠，似乎要比一時一刻陪伴他的妻子更重要。他與別人的不同就在他那自設的德操對他的派使。柯感到世界僅存他一人在挽持亙古傳來的高貴美德。他自矜在這種精神的堅忍愉悅裡。

有了它，他不像別人有著名目眾多的物質享樂。他當然也有各種類型的慾望，但是一貧如洗的柯不能做到；他沒有把時間充分利用來為大眾服務，他寧願把自己貢獻給少數的人們。

可是他終必捨棄那位與死神契談至此仍未蓋下眼皮的人搭車回家，時刻已經不容柯繼續呆坐在那裡，那個人已經不能再操人類的語言，也無所需求，柯從椅裡起立，朝著那張清淡的面孔，沉痛地說：「抱歉，我的朋友，我們遲早又會相碰在一起，像在這個冷酷無情的人間一樣成為最好的朋友，我們結伴在一起是為了抵禦人們的不義，我們自願捨掉所有許多應有的權益，在寂寞與貧苦中過著快樂而嚴肅的生活。但是現在我非回家不可，白晝我們在一起，晚上我們就得分開個自歸巢；你非常明白，否則我不能獲得她任何的諒解。」那人並不做任何表示，他根本不能動彈，他的身體已經先他的知覺死亡。柯捨近就遠，他不能夠獲得雙方面都對他諒解，但是他自恃相信他會做到。他離開那個人時，事實上比所謂盡量持守的最後一分鐘要早半小時。

他走過一片曠地，夕陽把他的身影拖得異常的扁長，柯停站在一根豎立著的牌柱旁邊，

單獨一個人，直到日落，才有一位女人同樣對這根車牌柱子走來。

柯自動而禮貌地把自己的第一位讓給她。柯想：「車子駛來後，她無疑可以第一個走上車廂。」他這樣做是為了博得她的好感，他欲想和這位美麗而年輕的女人談。雖然不這樣做，他也可以和她談起話來。柯的臉上露出無比慈藹的笑容，這種態度是他裝扮出來的，為了誘使她相信他是如她親眼見到的那樣良善。

「我自以為這班車只我一個乘客，這已經是最末的一班，我想妳想到過黑夜乘車越過漫長荒野的味道。我猜妳要回到梅鎮，妳一定是梅鎮東區的人，否則我不會不認識妳，我住在西區。妳到這裡來訪親或會友，妳一個人來一個人回去嗎？」

「我可以確信，這班車不只我們兩個人乘坐，我雖然是到梅鎮。可是，我既不是梅鎮東區的人，也不是西區的人，我是道道地地這裡的本地人……」

柯打斷了她的說話，他呵呵大笑時感到突出的兩頰有一陣溫熱。

「妳不要欺騙我，妳有梅鎮女人專有的特色，這一點我非常熟悉。」她讓柯往下說：「梅鎮的女人有梅鎮式的髮型，梅鎮式的時裝，梅鎮皮鞋和梅鎮手提包，就像梅鎮有歷史博物館。但有了這些並不能代表就是梅鎮的真實價值，最重要的是她們的氣質，我特別清楚這一點，她們都是我看到過的最高尚的女人，這才是梅鎮的驕傲。」

她完全瞭解為何他會說了這些話。要是在另一種時刻，她或許無疑問地會被柯的媚諛迷惑。她清楚做為一個梅鎮的女人，是值得女人們高傲的，因為她們能享受到由男人中獲得的一切。可惜這一切對她已經是過了時代，有一個完全確定的理想即將接納她。想到對這位禮

貌周全的紳士的即將來臨的打擊，她感到無比的抱歉和同情；可是至於柯的性格所必然導致的宿命，她處於盲然和鎮靜中，這時從黑漆中走來一個男人。

「這是我的未婚夫，明天我們將在梅鎮教堂中舉行結婚儀式，今晚我們就住在梅鎮旅舍的同一房間裡。」

「呵，我衷心地祝福你們兩位……」柯喪然笑著說。

最後車終於駛來，人們陸續按序上車，柯站在最末緩緩跟進。當車廂裡位子坐滿，空間也排滿了人後，未上車的人開始向那狹窄的車門擁擠。柯在後面推著那個女人的背部，他像一個賣力的裝貨伕，額頭和項背冒出大量的汗水。柯的前胸此時應該乘機緊貼著那個女人的背部，但是他甚至在此刻也有所顧忌，他不能讓她察覺他是一個下賤的人。柯的情形彷若送行幫助她擠上車廂，他自己被那拉上的門排拒在外面。

木塊

——一切都準備好了，想贏得自由，在這座城市是斷不能實現的；

在屋子裡，他依然穿著抵禦風寒的夾克，把雙手插進斜在兩旁的袋子裡。除了看書寫信，他也喜歡靜靜地在這起居間徘徊踱步。他不肯讓孩子們上樓來騷擾他。這是他個人獨據的房間。雖然如此，他的身體的重量整個貼靠在牆壁上，低垂著那顆名譽卓然的頭顱，整個早晨被一封意外來到的訃信所紛擾。這也是他本想外出約會而現在還被留在屋子裡的原因。

他一點兒也不知道自己是癱靠在那隻古式的掛鐘的下面，有一隻耳朵和響出嘀噠的鐘擺僅只七寸距離。

似乎他是在流眼淚，並且發出低低的嗚咽，從這表現上，他似乎還是一個脆弱的稚童，但是他在這座城市裡擁有許多令人羨慕的事物，他是少數的權威之一，他早已告別了憂鬱的

衝動的年輕時代了。這間起居室所陳設的家具和飾物都可明顯地看出他那莊嚴的霸道的高尚嗜好來。

壁爐的火燄今早只燃燒了那張符咒般的硬質訃聞卡。那張白卡在點燃時由木塊的上面滾落在角落，現在它捲曲成一個小件的，銀黑的雕塑物，如藝術品般猙獰地豎在那裡。

他似乎失落了他一生中最珍貴的事物。他那嗚咽聲彷彿在低唱著一件早已被他推翻的往事。當他獨自在小鎮一所學校的教室裡，右手的拇指和食指夾住鼻梁，跌坐在一張靠背椅，由有限的空間偶然注視到一架電子風琴貼靠著一片藍色的牆壁，它像是一隻靜靜地等候在那裡的怪獸，渺小而孤獨。在那個空間裡，事物不依真實而存在。課桌看起來比電子風琴大，而他的那雙擱架在桌上的赤腳更凌越了它們。可是那片牆壁，像襯著星星月亮的天空，卻在最後凌越了所有一切。自此他斷然離開那小鎮，因為事物並不全都遠小近大。這種順序是感官的，全屬是荒謬的構成，而感官是無神的，它肯定死亡。

突然他被一塊最能吸引眼睛的紅色所震懾，就在他抬起頭顱的同時，他似乎驚醒而勃然暴怒。他發覺自己赤裸般地暴露給外面的世界，經由一扇落地窗。誰會在他不知不覺中拉開了窗簾？落地窗透露一副最為他平時忽略的實際的冬天景色。在最近涼台的枯枝與朦朧的遠山之間，一位依憑在對面一扇敞開的門邊的女人正在盯著他。那似乎是打著訊號的紅衣和臉上勾魅的陰影使他殘喘不安，耳朵頓時聽到鐘擺的響聲，有如他依貼著一口巨鐘。他迅速逃離那面面牆壁，坐到一張迎面的沙發椅裡。

他暫時躲避在那張高背的沙發中，與壁爐的火燄相對。現在他看起來膽怯而萎縮。當他

擺出這種姿態在這間莊嚴幽暗的起居間，不敢動彈地縮收在沙發椅裡的時候，他看起來十分可憐，彷彿一隻被追捕的蟹物，收了牠的腳躲藏在石塊的隙間。

那些為他擁有的事物會變得像是單薄的布景，或像是他（這隻蟹物）噴出的泡沫的幻象一樣襯著他。在這一刻，他像是追隨理念的運動員，卻突然攀不牢那整個轉動不息的巨輪的把柄，而跌落在失去了重心的空間。

他要是想到這整個的舉措，會感到諷刺的滋味。事件本身已經過去了，他應該站起來再去履行那約會。可是他謹慎的省悟使他麻痺了。他感覺到周圍似乎佈滿了同一個盯著他的人。他不敢抬頭去注視，甚至不敢喊他的僕人來趕走這些人。整個起居室像照相機的暗箱，由那個拉開了窗簾的落地窗映進了那幅冬景。

一面與掛鐘同壁的壁鐘，它映出那個落地窗的中央部份，只有把天空和涼台的影像切除，同樣的畫面又發現在一架鋼琴的光滑箱板上。而這間起居室的家具物品外表全都光滑而晶亮，那幅冬景就這樣熱鬧地互相傳映了起來，總是灰藍之中點著紅塊。他剛一抬頭便被壁爐架上面周圍鑲著貝殼的小圓鏡的人物嚇了一跳。

他雙手握著一枝獵槍走到落地窗邊，藉著布幕掩蓋了身體。屋子裡已經恢復到寂靜，連那口古式掛鐘也已散碎在地板上，那根白銀鑄成的鐘擺，在暴亂過程中獨自跳往一張砍截了一角的茶几上，像一條被吃盡了肉的魚骨。他在最後去消滅他的敵人之前，用一把利斧毀盡了滿室的同謀。一切的門都已鎖上，壁爐的火燄開始引燃了那些家具的殘肢。從打開的縫隙，他伸出了槍筒。

這時那番往事又引進了他的腦中，當他閉起一隻眼睛，把腮貼在槍把上時。在這個他所能用他看到的空間裡，事物同樣不依真實而存在。這種荒謬的順序和全然順應感官的生活又同樣使他厭責起來了。這座城市和廣大的世界去比較不啻就是一陋鄉僻壤罷了。

如同在那個小鎮，個人是異常大而明顯的目標，不能像蟲蟻一樣渺小得看不出隱衷。

是的，隨時隨地都將有人盯視他而把祕密洩漏。一切都準備好了，想贏得自由，在這座城市是斷不能實現的；他唯一在最後一刻可做的便是毀滅；要是動亂起來的星星月亮不能拆散天空，人的醜惡也不能染污死亡。

回響

人家都在背後談論他的怪行徑。就是那些他在散步時必須走過他們身邊的那些人。這也是他和他們之間的聯繫；他和他們組成了一個世界。他總逃不出那個範圍，他一面拖著步子在一個四面都圍堵起來的方場走，一面思維。因為他不能憑空想到什麼；無論怎樣的神聖都無法不藉他物來證明自己的存在，所以他必須去傾聽他們，甚至去猜測他們。這樣，他不覺得自己的內心太嘈雜了嗎？那些樹枝，那些花朵，那些磚牆，那些水槽，那些椅子，那些人語；就像他們批評他孤獨的外表，他不是很寂寞嗎？所謂人間的生活，他什麼也沒有，人們所擁有的一切他都缺乏。這樣，是太豐富了，關於每一天的記載，夜的印象，使他沒有一刻感到可以冷靜下來。至於他的姓名……因為他不與他人面對面交談，他本身已經由多舌多問的童年蛻變成為一個啞默者。但是他能聽，譬如微風吹來的時候，他也能感覺。今夜風從北方的山谷吹到盆地來，他只穿著一件單薄襯衫長褲，月剛升上來不久，如世俗的眼光，像一

彎古斧般的月。由於月光的殊異，它使山和四周的房舍都成為沉重的黑色，大地與天空明白對比著。由這樣的景色，他獲得了一種別致的感想。

「責毆一個小孩子不是這樣的態度。」

兩個身材肥胖的姐妹中的一位對另一位說道。她們坐在房舍前面的木椅上。距離那裡的一排樹不遠，附近又有一部推車，一個背靠著，另一個傾斜著身體。

「這會給人一個怎樣的想法呢？」

「他是父親，他有權，他或許也是愛他。」

「當我們還是小孩子的時候，我們不曾夢想到會面臨今天所遭遇到的窘狀，任由一個小孩子在門旁啼哭。」

「我說過他是父親，他有權。」

「我也不曾夢想到，從今起要提防你背叛我的旨意。」

「我說他是父親，他有權。」

他的嘴唇浮出笑紋來，當他從那一排樹下輕輕的走過後，背著她們眨動那雙眼睛。他用一隻手去觸壓推車的冰冷的鉛板，然後很快的收回來。這個動作總是代表出那小丑式的喜悅。

雖然有時他會一直把手掌按在鉛板上，讓那冰冷燙著他。他加快了半步向前蹀去，而讓那聲音戛然終止：我說過他是父親，他有權。

「晚安，老熊。」

但他從來不曾這樣恭敬地向那位退伍的老兵說。對於這位老兵，他連一張有手靠的沙發

椅都沒有。他永遠讓他對他懷恨著，當他走過時，他原坐在椅裡便挺直了上身緊張起來。他曾被人烙印，便再也恢復不過來自身的尊嚴。要是有人捉弄他喚一聲立正，他也會從椅裡迅捷地站起來。可是那樣不是已經過份了嗎？不需要再要什麼戲法折磨他。讓他留點剩餘的小尊嚴去與他的狗交談。但是他甚至連叫他的狗的名都沒法暢順，僅僅只有兩個音節的字也要拆開來重複數次。對於這樣的一個人，要是他言語，他何嘗對他彎腰叩頭說晚安呢？他實在不能說，他說了會觸怒他；因為他一生都是愚蠢，他知道這一點。

現在他把頭抬起來了，經過了老熊就必要左轉再走，抬頭是為了看月光，無論如何他不能因科學的證實而對他動搖了感觸，月光不僅對他，對萬物都有難以描摹的溫柔之感。當它未上升之前這一帶的天空有鴿羣在飛翔，現在那些環飛的鳥們止息了，蓋著牠們靈動的眼珠夢著一切。他總是微笑著的：當他想到那些如語言般印在他腦中的拍翅聲音，他同時笑所有能動的生物，因為他們必須結羣，排斥異己，這是個體懦弱不道德的顯示，把生存看成神聖，當他們營生的時候，看似聰明，其實至為無聊，他們雖能嬉戲，其實內心悲哀。有一次他極力想救一個溺水者，他努力再努力著，後來才知她早已死去多時，他回來嘔吐了一夜，回味那沒有彈性而且滑動的嘴唇，現在還有嘔吐的欲念。

他非常熟識現在輪到誰了，因為他已經傾聽到一種類似圓鍬拌水泥的聲音。在他那靈敏無比的聽覺裡，任何微響都會擴大成巨聲。他用眼角偷偷地睨視她，然而帶著一絲笑意，雖然他的內心已經轉化為嚴肅和顫動。那位老而瘦的姑娘正在水槽邊刷牙，相信她也一樣一

面刷牙齒，一面盯視著漸漸走近來的他。可是他和她之間永遠不再互相在五碼之內靠近了。

自從那一次，她以非常激動的表情突然對他說：「太遲了，一切都太晚了，」說後眼眶便濕潤了起來。他轉了彎，否則再踏步便要去碰撞水槽的磚石。他的頭壓得非常低，他想不出他曾那一點開罪了她。他想他那忠貞、誠懇、樸實的、至惡的一面被覺察著了，除了這些品性本身必須招惹的命運般最重的懲罰外，再也沒有什麼是他獲罪於她的地方了。他因為那些組成他的原素而被她看不起是當然之事了。這種萬千世代的扭曲的愛戀是永不斷絕，永不被校正，永遠的被過去所破壞，被現在所阻隔，被未來所支配，永遠不能走進真愛和和平。

他由泥沙的地面踏入水泥地面上，這是一塊被用來做球場用的平坦的四方形水泥地，月光升得比先前更高了，他似乎處在最明顯的地方，而且是一個唯一移動的物體。他的影子緊緊地依隨著他，追隨他的移動而左而右，而長而短。沒有再比這種影像看起來更高尚、更孤單、更可憐了。但是他與他們之間的聯繫，以及和他們共組了一個世界，他是深信不疑的，只要他聽到他們的聲音傳到他的耳朵，況且他是異常靈敏的。他靠他們活著，靠他們產生思維，靠他們證明他是存在的，雖然這一切不能產生美感。突然他停住了，再走數步，又停住了去細辨，他試著放慢腳步拖著行走，拖著他的拖板鞋，他疑惑為什麼他聽到的會是一種他的拖步在牆壁上的巨大共鳴，而其他的一切都不知不覺中消失了呢？他慢慢地抬起頭來，審視前方高聳的房舍，黑漆一片，什麼也沒有。但是他察覺一個惡作劇的形體隱躲在黑暗中仔細地觀察著他。他左右觀望，他們都風化消失了，除了座椅和水槽依然存在。水槽的頂面上放置兩盆小花木，他若有所思地對它們注視良久。這是怎麼一回事，他們去了那裡？為何他

143　　／回響

還在這裡，和月光和大地一樣地沒有改變？而現在只要他停步便寂靜無邊，走步便只聽到牆垣傳來的巨大回響，彷彿那個惡作劇的傢伙故意模仿他的節拍用著薄板拍打牆壁。這使他勃然大怒。

「那是誰？」

什麼也沒有。他喚不出任何東西。但他因這一衝動，彷彿死去的陶以皮恢復了自言自語：

「當 Plutarch* 的時代，神壇前懲罰斯巴達兒童一事又再實行起來了，而以病態的誇張之辭掩飾……此觀於孔子之人文主義所遭之命運，便極為清楚。它由人性之研究，淪而為虛文的體系，在行政界中，凡事必求有先例，已經成為傳統了。一個偉大的現代西方民族，為所謂『現代』之精神病引入於無可補救之崩潰中，又墮入於軼歷史途轍之陷阱內而不能自拔，故遂於想像中之過去，以為有榮耀的蠻道足以自豪，而又倒行逆施了。在較早之時，有盧騷**所倡的『返於自然』及對於『高尚的野蠻』之推崇。絕技所在，便是將已死之語文，使其重生，復流行於世。但是，但是……如果他想一味復古，而不考慮現在，則老是向前的生活衝動，必會將他脆弱的計劃碎成片片。如果他以能行於現在為主，而將重振過去之幻想置於從屬的地位，則他的復古主義，就會是假的。無論他取那一辦法，發其用盡氣力之時，則將見及，他拿未來派人的玩意兒來耍，未免要得太不高明了。他拚命想與時代乖舛的事使之成為永久，而事實上則是打開了大門，於是無情的革新，在門外窺伺已久，想得到一個機

會衝進來的，至此乃可如願以償了。」

---

* 普魯塔克（Plutarch, 46-125），羅馬時代的希臘作家。

** 盧騷（Jean-Jacques Rousseau, 1712-1778），法國哲學家，著有《懺悔錄》、《社會契約論》等。

希臘‧希臘

兩個男人步上了一輛公共汽車。這輛公共汽車由郊外開出，這兩個男人在它的行程的中途上車。那是一個接鄰城市的鄉鎮，他們站在一排樓房走廊下等候，午後的太陽光線熱度很高，陰影縮在樓房下面，當車子開來時他們迅速地跑過去。車子繼續前進，轉了一個大彎，駛過護城河上的一座水泥橋。這是一條古河，二百年……前，不，也許更久遠些。城市現今已經不需要這條河道的護衛了，它相當被人看不起，看不到水上有船隻，但是被拋棄的家具卻浮沉在污黑的水面。經過這道橋，車子已進入市區之內，然後它停在市中心的一個熱鬧的地點，兩個男人走下車來。

他們穿過一條小街，走到一家大戲院前面，那裡已經排了數行彎曲的行列，數名警察走來走去維持秩序。兩個人站在一排人的後面，漸漸向前移動，不久買到了兩張戲票。然後他們在商店的櫥窗前面觀賞一些古怪的男性飾物。他們和一羣人擠進了戲院。這部影片比一般

的電影多放映一小時。當他們看完電影再從戲院出來時，街道已經氾濫了燈光，天空是深黑的，散佈著細小的星，白晝消失了。他們在人羣擁擠的街道行走，決定找一家餐館吃晚飯。

他們走進一家設有冷氣裝置的餐館。兩個人計算了一下所有的餘錢，只夠吃兩份快餐和一瓶啤酒。於是他們便叫了兩份快餐和一瓶啤酒。

上次我們不應該去了那裡，

別再提起那件事了。

我們根本不懂得那玩意兒，

開頭是你說要去的。

我是信了那個人，我以為拒絕很對不起他。

他老遠來，我們最好順一點他的意思。

我也這樣想。

說真的，我們除了去那裡……

我知道，你要說什麼……

那時的確沒地方可去。

說起來我們還是順了他的意思。

女侍手提一瓶啤酒和兩隻玻璃杯由櫃台朝桌子走過來，他倆靜下來看著她把瓶蓋打開，把啤酒倒在杯裡。他倆注視杯裡湧起的泡沫。女侍走開時，兩個人端起杯子喝了一大口。

這啤酒真好。

是的。（它）冰過。

現在我還是不知道那玩意兒的訣竅在那裡，

那時我們心裡根本不在那玩意兒上。

這是真的，

否則我們也許很快知道那玩意兒的訣竅。

總之，我們是順他的意志玩那玩意兒的。

要是我們能集中精神也許不致那麼慘敗。

不要再提起這件事了，也不要提起他

你有沒有覺得，

覺得什麼？

我們不應該來看這部影片。

我也這樣想。

這部影片並不是不好看，

那位男主角很不錯，

但是假如我們⋯⋯

是的⋯⋯

將看電影的錢來飲啤酒更痛快些，

是的。

為什麼我們會沒有想出這主意來？

他喝了一大口，把杯子裡的啤酒飲乾了，也叫他喝完杯子裡的啤酒。他拿起瓶子，將剩餘的平分在兩隻玻璃杯裡。

你說影片一定很精彩，

我看了廣告，而且都是大明星，的確它拍得相當精彩。

可是——

那男角不是很愚蠢嗎？

狡猾，完全是偽君子。

是的，正是這樣。

越想越覺得庸俗，

這部影片太庸俗了，

我們應該花錢來飲酒。

可是那時間我們做些什麼？

繼續留在床上睡午覺。

從上午十時就躺在床上，我一點兒也不能再忍受繼續躺在床上。

我們應該來這裡飲啤酒。

夢都沒夢到要到這裡來。

現在我覺得腦中多了那個電影故事很可惱。

我以為這樣的故事總是千篇一律。

許多人去淘金，然後是什麼人也得不到金子。

除了那位男角。

總是那位男角。

許多人都被打死了，除了男主角。

還有他得了女主角的愛。

是的，他得了她的愛。

任何人對那女子的愛都會失敗，除了那位男主角。

是的，許多人都得而復失，尷尬、滑稽、落魄、墜馬、死亡。

除了那男角，失而復得、體面、正派、勇氣，然後活下來。

酒喝完是不幸的，

同一個女侍端來兩隻放著飯和菜的盤子，她動作粗野地把盤子推在兩位男人面前。

這是何道理？

俗話說，不是來多花一點錢，就千萬別進體面的餐館，

我們不看電影，錢是足夠的。

下星期湊足錢到這裡來大吃一頓。

何必如此，我有一個更好的主意。他們記不得我們的。或許他們還會記得也準會笑死。

有一個好去處——

難道我們不採報復？

報復是愚蠢的，只會加重這份難受。

當然所有的餐館都一樣的勢利眼。

我說一個很好的地方，快樂而美妙。

是不是人人都說的那個地方？

好地方總是不容易不為人知道。

不一定信得過人人，

無論如何我們應該去一次啊，

是的，無論如何——

但是……

什麼事？

我們總是這樣生活的嗎？

怎麼樣？

譬如順了他的意志去做那玩意兒，

有什麼不可？

你不覺得不值得嗎？

難道我們還能過另一種生活？

我們應該設法……

什麼東西值得？一切不都是荒謬嗎？

只是談到人人如何如何，我就渾身不舒服。

或許你的個性在作祟罷，

那麼我們永遠沒有自己的生活了。

生活本身也許有兩面說法，何必堅持一種概念呢？

喂，怎麼了，你？

你飲醉了嗎，半瓶啤酒？

也許，我的確有些醉。

快快，吃完飯我們離開這裡。

回答我一個問題……

走罷，別在這裡討厭了。

他把他拉出了餐館。

放下你的手罷，我求你。

別裝醉，半瓶啤酒。

你不應該不知道我小酒量，肚量小。

但是半瓶啤酒，沒有人會相信，

為什麼一定要別人來相信呢？

我們應該談談我們的未來，

回答我一個問題，

什麼問題？

現在我們往那裡去？做什麼？

去美國留學，或到西德去，

你聽錯了我的意思，

沒有錯，只有這條路可解悶，

我不是這個意思，

美國萬歲，

喂，夥計……

加州大學，

喂，

愛荷華安格爾文學教授。

現在大約晚上九點鐘左右，人潮擁擠在商店街的走廊，兩個男人朝市中心的公共汽車站

走去。

喂，你還記得嗎？

記得什麼？

去年法文教授教我們唱的那首法國民謠，

來吧，我們用口哨吹一遍。

兩個男人一面吹口哨一面要橫過馬路。首先他們是肩比肩走著的，其中的一個突然記起了一張熟識的女人面孔，她剛剛擦身走過去，他回頭去尋視她，於是腳步落後了半步，此時一部藍色轎車從轉角開出來，車燈的地方撞到了他的大腿，他頃刻翻倒在地上，車子的輪胎繼續輾過他的胸部，於是他靜靜地僵臥在那裡。

分道

一

那天早晨與其他的日子沒有什麼特別，也沒有預兆，與所有的夏日同樣炎熱。A與其他在陽光下的萬物也沒有區別。太陽從東方上升，它最初的光線照耀在物體上，就連那些柔軟圓嫩的竹梢也彷彿薄薄的金屬片。她守候在她的座位對窗外投視。她的姿態在這之前就是如此，喜歡臨窗眺望，視線越過十分熙攘的操場，看見竹林的徑道A薄薄的無色形體出現。那只是一片刺眼耀目的光。A的形體反耀著閃光，由無色轉變成金銅。這一點並沒有驚動她，她視若平常；關於物理的諸種變化，她略有知曉。等到她看出A的明晰的形態，她自覺他有天生富於運動的本能，體內藏著未曾開發的道德力。A以寬大的步伐經過學童們遊戲的操場

朝辦公室走來。她靜靜地斜側著，右臂彎曲靠在桌上支架頭部右腮的部位。Ａ以一直線走至操場中央，突然高舉雙臂，身體躍向空中雙掌張開，整個為衣衫裹住的身體再度為陽光穿透，顯露出一些細長有枝的鋼筋。一隻皮球在空間運行中途為他的手掌截獲。他開始被那些孩子們包圍和衝擊著。這時她改變了持續很久的姿勢，把手臂放下來。

看見Ａ的這個平凡的早晨，使她在度過了冗長的時光之後，第一次回憶幸福和希望的金色時代。就其粗略的外表，Ａ酷似她的丈夫的同年紀時代。這一點使她感到恐慌，她無心想去獵取一位年齡相距甚遠的男人。那同樣蒙蔽其智覺的第二期幻想，使她自己亦不能分辨是喜歡或討厭。但是她的惰性正好迎接了Ａ新的內在的衝動。在平靜的聯繫中，她感覺Ａ總是特別注意她，使她處在旁觀的地位，Ａ把他自己依附過來，獻出他自己，把她從她自己之中排擠出去。

Ａ就是如此地自傲，像一隻會響動的裝水瓶子。自傲是他的生命需要付出勞苦的原因。

Ａ有君子風度，自信的心理養成一種謙虛的舉動。他與她相對著，他們常常交換一種工作間的無邪的微笑，雖然如此，兩人彷彿共同小心地栽培樹木的幼苗。

像一般聰明而好勝的青年一樣，Ａ富於表現他自己。他會在聊談中告訴她，她以她的年紀和生活經驗早已體認的許多事物。尤其Ａ多麼善於解釋真理，以他有限的科學精神展播他的理想。是的，一個青年男子的知識雖是可笑，但熱情卻是這樣的感人肺腑。Ａ是個君子，他任何一事一物都企圖使她與他採取同一觀感和同一步驟。Ａ很可能漸漸長成為支撐世界的極少數的一種人。Ａ追求真理，是以他最幼稚的程度做起點，彷彿嬰孩學會第一句話語。

假如她的美麗外表吸引了他的眼睛的話，那末，她內心的祕密也同時蠱惑著他高貴的心胸。但是第一天她與A連一句都沒有交談，A在忙於他的新事物。她甚至同樣抱著早晨的姿勢目送他下班離校，太陽如同早晨時在他的前面，但是A的形影，當她由背後看他時，卻是黑色的。那黑色的形影，給她的感觸如同太陽不久就要下落後的暗澹一樣。A走過操場，他的身背拖著一條黑影，隨著腳步越拉越長，直到在竹林裡消失。

二

給眷戀的A

　　B　贈

　　一張珍貴的古典唱片從遠地寄到，A比接到價值數倍的黃金更感興奮。這可以說靠著媒介物，友情突然地濃熾了起來，進一步把雙人牽拉得更加接近。A覆信給B，把內心的感動完全在信中洩漏，並且希望B能夠蒞臨。A雖做了許多事，還是不能平靜下來，他生平第一次感受友愛的滋蜜，是他和他的親兄弟們之間所未有過的經驗。他反覆地播放那唱片，他也希望別人從這張唱片的動人旋律中分享他豐盛的幸福，但是除了她，還有誰能被他選中呢？

　　A說出優美的形容詞來誇耀自己的朋友；A告訴她，B絕頂聰明，在求學中他們是最好的朋友，在住宿間和課堂形影不離。但是在那時，當A和B相攜坐在校園草地上時，好像有一陣風吹過那裡，B搖動而A靜靜沒有動彈。但是他們一同研習繪畫，一同聆賞音樂，也一

同批評別人，意見總是完全一致。對於天賦優沃的男人，她豈完全都未曾見識呢？她的丈夫在年輕時豈不是也蓋滿優美的形容詞嗎？至今他的墮落不是同樣令人瞠目嗎？她昔日愛他之深與他日嫌惡他之尖銳不是同樣的嗎？她是所有現實的女人之一，已經看見過的接觸的事物還有什麼稀奇呢？只有一件事是令她大大地詫異的：Ａ說，他和Ｂ是金錢共有，物品也共有的。這種精神，這種主義，終於在那些淡而無味的讚美聲中深深地帶給她以恐懼。

Ｂ有一天到達了，像一精靈的外表一樣的蒼白，他又瘦又憂鬱。

三

Ａ引Ｂ走進一幢舊式的草屋，會見Ａ的祖母。Ａ的祖母高齡而健壯，篤信傳統的偶像神明和吃素。這間草屋低矮而陰暗，原來只住著老太婆一個人，裡面分隔成一間客廳，兩間臥室和一間廚房。屋後有一小竹叢，屋前是一間當地的土地廟。草屋是這一角落一連數幢中的一幢。Ａ對Ｂ說，他必須和他共睡同一間臥室的同一張床，Ｂ報以微笑，沒有說出任何感想，他在頃間回想到學校生活的一節，這是十分當然的。他是太寂寞了。

Ｂ急於要去學校，請求Ａ帶他去，他想認識Ａ信裡提及的那位女教師。這一點要怪Ａ的無知，他動用了許多與女性的資質不相關的文字描寫。Ａ心裡早有引領Ｂ去見她的那份興奮了。他的幻想日深使他奉純潔為最高的快樂。但是這一個白晝已經快要結束了，太陽的位置正在草屋門前的天空上，快要滑進那條地平線。分成數千小方格的廣大稻田，一年中第二期

的水稻剛剛長成一尺多高，在淡綠色的稻禾下面，每一小方格都有一條彎曲游動的紅蛇，構成黃昏的奇景。

晚飯後Ａ和Ｂ坐在客廳談話。客廳只有一面石灰壁可供他們靠近，大部份的空間堆積著籮筐和什物，有一面板牆中央設置一座木架，那裡供奉著祖先神明。一張簡陋的書桌緊靠著唯一的石灰壁，壁上貼有一幅用鉛筆精工繪成的聖母像。繪這一張畫的人技術非常好，非常傳神，是Ａ的一位胞兄的作品。這一張畫豎在那裡，象徵Ａ的家族兄弟的聰慧和理想。他們便是在聖母像下面各坐在書桌的一邊。談話中提到研讀書籍和繪畫的事。在這個時刻卻始終沒有重提到她。有一盞六十燭光的電燈泡照亮他們，電線沿牆壁垂下那隻玻璃球，發出橙色的光線，Ａ的濃眉和Ｂ的亮眼形成一種教徒式的嚴酷氣氛。

四

她在慢慢地走著，用一隻花布洋傘遮住陽光使臉孔不被陽光曬黑。Ａ和Ｂ為一點點小鬥爭已經起步登山了。兩個是在做有趣的競走。Ａ從來未曾改變他沉著自信的外表，他以均勻的速度排向前面的山頭。Ｂ看起來很匆忙，身體在腰部的地方彎折，他衝向前面腳步很緊密，她看不出誰較誰落後，第一次，她有清晰的距離和足夠的時間來覺察他們，她看出男人的性格又美麗又愚蠢。她開始愛起這兩個男人，同時的想擁有他們兩個人。她走到剛剛他們起步登途的位置。抬頭已她相信只有片刻的時辰墮進那則野心的幻想。

經看到他們同時抵達了山頂。他們是怎樣地登上山頂，中間的細節她沒有看到；她沒有看到他們是怎樣地奮力爭取領先，設下偽裝使對方落後，或者發生必須的戰鬥，這一些全都被樹和自己身邊的傘遮住。她看見Ｂ以閃電般的動作轉身走下來，準備來幫助她走上山去。

這是一座奇小而可愛的山（有誰被前面的描寫嚇住了，以為是一座高峻的大山），事實上又只有一個斜坡。她的手已經被他閃電一般捉到，當他從山頂衝下到她的身邊，而且緊緊地握著，他的握力已經傳達了命令不許她反對。假如她想反抗，他便會對那隻柔軟的手握得更緊，他的眼色甚至通知她不許嚷叫起來，她的外表也很能合作，就像屈服於強權一般的柔順，可是她的心底已經印下了這被震懾的不自由的印象。另一面的山坡，因為開路而被砍截成直崖。

三個人坐在草地上，就在那小山頂上的一處，他們的視線俯瞰斷崖下面的那條新路，以及比路面更低的河床。Ａ看見河床裡的一池靜水，開始引發他談起一件水鬼的趣事。Ａ在說故事時臉上浮出笑容，眼光瞟走著，因為這是有關水鬼，他的聲音也因沙啞常常提高。Ｂ因為她的咒罵心裡不高興，他開始歌唱，當Ａ說完水鬼的故事而引不起笑聲之後。Ｂ我行我素的時刻，是沒有人能加以阻止的，可是Ａ和她反而靜下來傾聽他到底唱些什麼。他並沒有唱出一句歌詞，只有在喉嚨裡哼著弦律。他閉著眼睛，昂著面龐，表情奇特，他哼出的旋律很優美。傾聽的兩個人在Ｂ唱完後拍手讚美他。Ｂ感到很羞怯，他是個十分喜歡別人稱讚的人。他頓時恢復了快樂。

Ａ把餐點拿出來分配，在喫食間，無一不是感到愉快的。但是餐後，他們感到怠倦。Ａ

把眼睛閉上，頭部向後靠在樹幹上假寢，為了避去B的注視的眼光，她也模仿A一樣地蓋上眼簾。B站立起來，離開他的位置他想在這座小山丘獨自做一次漫遊。

她和A因為假寢的舉動，居然真正地睡著了一會兒。之後，三個人都把腳垂下那斷崖，併排坐在那裡，注視新路和靜靜的河床。河床是在昏睡的炎熱的陽光之下。這時，一個怪模怪樣的人騎著一部簡單的腳踏車，在眼前一切都彷彿要浮騰的大地上出現，景像酷肖舞台上的小丑上場。那個男人，褐色臉上有一個大而且長的鼻子，頭上留著長頭髮，戴一頂法國式的軍帽，穿著白襯衫，外加一件深色的背心，腳上穿著一雙鮮紅色的皮鞋，褲管的尺碼很寬大。他們詫異於那整個西洋傳統化的裝扮的氣氛，會在這貧乏的異國出現。那個男人的表情彷彿一個頑皮而又諷刺的小丑，在那耀目的新路朝上對他們擠眼弄眉。他自新路的一端出現，腳踏車的速度很緩慢，目的是在表演，在另一端消失後又折轉回來，向他們三個人揮手，這樣戲弄了四五次，好像舞台上謝幕的演員，然後才歸於消失。

五

　　B帶著十分沉痛的心情追訴學生時代學校當局對學生所佈下的致命傷。他所說到的不只是他個人的特殊遭遇。學校中的怪行徑是到處皆是，尤其是那些教師們的人格。每一餐飯，每一個人都懷著極饑餓的心情走進餐廳。早餐距離昨天下午五點半的晚飯之間，有十三小

時。每張餐桌坐著八個饑餓的少年，桌上只有兩盤菜和一盆清水湯。饑餓常常被那些污黑的菜色嚇阻。每天中午都有一盤已經發酸的油炸沙魚。每個月檢查一次身高體重，學生自動到衛生室自量，然後向級長報告填上表格。因為一個男人沒有五十公斤是可恥的，有些人只好謊報。每月有一次，校長領著全體教師和學生聚餐，學生端坐在位置上，老師走進餐廳時掌聲如雷，校長最後進來時，掌聲歷五分鐘不止。拍掌聲打出節奏，學生們的臉上展著笑容。有一部份的住宿教師，每天早晨看見採買回來，走到廚房要廚夫割一塊肉給他帶走，廚夫同樣也會把好肉留下來自己食用。菜盤上稀少的幾塊肥肉，幾乎都是母豬的乳頭和咬不碎的韌肉。那些肉被煮成黑紫色，看不清楚，學生放在嘴巴咬幾口再從嘴裡吐出來。

操場有一百公尺筆直的跑道，表面鋪著一層廚房運來的煤屑。有一天黃昏，二個人同坐在一部舊腳踏車上。白晝只剩下最後的餘光，Ａ加快了那部舊車的速度，那大概是那車的最高速度，他們聽到了樓上窗口同學們的鼓勵聲，速度又加快起來，車子開始搖晃著急速前進，但是它還不斷地在加速之中，然後他們感覺好像突然駛進了陷阱，墜落了下來，車子粉碎了，人被拋在那堆折斷的鐵條的前面數碼的地面上。Ａ和Ｂ躺在那一刻漆黑下來，非常很清醒，但是沒有力量爬起來。太陽已經墜落，他們受傷了。大地在那一刻漆黑下來，非常黑暗，樓下窗口的人影消失了，只剩下受傷的人在不適的地面上微弱地顫動。

六

她靜靜坐在河岸楊柳陰影下面，Ａ陪著她在旁邊。Ｂ走到河裡，在露出水面的石頭上走跳著。他到了對岸，把衣服脫下來掛在樹枝上。現在他赤裸地再走進水裡，仰躺下來，連頭髮都浸在水裡，她望著他白皙的胸脯像一面鏡子在那裡閃耀著，那些不斷的水流經過他然後流去。當他從水裡站起來向他們走過來時，她把洋傘打開擋住眼睛。

Ｂ冷靜下來時是個可愛的人。可是他無時無刻不在顯露無法壓抑的憂鬱激情，過去生命被剝奪的權力，現在藉著可憐而脆弱的肉軀向周圍的一切實行搶奪。他企求一種絕對的同情事物；他是個暴君。世界再也不在乎多一個暴君的存在，世界再也不同情他們這些可憐蟲。世界讓他們成長也讓他們死亡，不再干涉。暴君是喪失個體絕對自由和獨立的人，是常會表現出偏狹的仁慈。可憐的Ｂ啊，一切都太遲了，當他誕生時，一切都成定局了。

七

一封快信握在Ｂ的手裡。這是一封父親由南鎮寄來的限時信，它一定經過了數次的轉寄才到Ｂ的手中，距離發信日期已經一個星期，信封已經佈滿皺紋。父親希望他務必在接到信後回南鎮家裡。父親說他是不在乎一個男人怎樣去設想和安排他的生活，可是母親顯然不

同，她有許多消極似的淚水，和念經似地懷念她的兒子。B向A和她表示晚上搭車由小鎮到北鎮，再接夜快車回南鎮。他們一起到鎮上一家餐館吃晚飯，吃過晚飯她回家去。B和A又回到草屋取行李。B向老太婆囑他再來。他們又趕到車站。從接到信到火車開行之間，B絕大部份保持沉默。B向老太婆告辭表示小鎮平原十分樸實美麗，他斷定自己沒有機會再來小鎮。B希望A來南鎮，A對他頷首，但不能確定何時。然後又沉默無言。火車要開走時，他們握著手。A站在月台上望著B坐在車廂座位端莊的表情，他們互相舉手揮了一下，又告沉寂下來。

八

在啟程的前一天，她與A在池塘樹下見面，向他表明她的意願。她說她快要窒息了。第二天下午二點鐘，A穿著一身潔素的服裝出現小鎮車站，他坐在候車室的條凳等候著。他雖然出生在小鎮，從小就跟隨父母居住在城市裡，所以認識他的人非常稀少。因為沒有人來和他說話，他沉默地坐在那裡。快三點鐘的時候，他站起來靠近窗口觀望街道，陽光熾熱地照耀在街道上，一陣一陣風掃著被丟棄在道上的果皮和紙屑，沙石隨風升起，飛進道旁敞開的商店。他沒有發現她向車站走來。他走到售票口購買二張車票。旅客紛紛持票通過剪票口走進月台。A倚立在車站大門口，眼睛注意著朝車站走來的人們和車輛。他猜疑她可能發生意外，但是她會在這數分鐘內趕到。他想他沒有理由獨自先走，火車已經停在月台旁邊，他望

著人們搶奪般地擠進車廂門口，她畢竟沒有如時趕到，他感到失望。他繼續在窗口凝望數分鐘讓火車開走，他才走進站長室去聲請退票。

除三點鐘的快車外，今天已經沒有類似的班車了。他不敢離開車站，恐怕他走開時，湊巧她到了車站，要是她到車站看不到他，她將做怎樣的猜想呢。她會以為他已經先走了。因此Ａ的活動範圍僅限於車站附近眼睛能夠看到車站門口窗戶的地方。他走進一家車站左近的冰菓室，選擇一張可以望到車站門口的桌子坐下來，叫了一份水果。他一坐下來就感到焦躁不安，他吩咐女店員遞給他一份當天的報紙，他必須把報紙攤平在桌上俾可抬頭就看到車站。他試著看一篇短篇小說，是個很享盛名的作家的作品，但他看了開頭就放棄了，他翻閱新聞標題，但是今天的時勢令他感到乏味，他一點也不關心戰爭，同時也不計較戰爭。他又翻回來看那篇小說，看了數行後他又放棄了，他時而抬頭注意行人。他下決心要看完那篇小說，他不明白為什麼他們要寫那些不符合現代心理學的東西，而且重提著那些腐朽的舊調。

他終於放棄看報紙，把報紙推開。

他在冰菓室坐了約一個鐘頭後走出來，他向車站走去，在候車室繞走一圈。她沒有來。

為什麼？他要繼續等下去嗎？太陽已經開始轉晦。街道的風沙似乎更大了。到底發生了什麼事？他是否應該到她的家裡去看個究竟。但他除了繼續等候，採取什麼行動都不好。他總是深怕他走開時她恰巧到了車站。

她是對的。昨天她和Ａ分手後回家，檢點了幾件首飾和幾件準備帶走的衣服，但是她還是不敢把衣服放進皮箱裡。第二天下午二點多鐘，她才把衣服裝進皮箱裡，她提著皮箱走

到門口，看見外面陽光普照，一時嚇住了，她領悟了一項道理，馬上退回屋子裡。白天太光亮，步出門外，人們很容易窺出行徑來。她重新把衣服由箱子裡拿出來，總之她不能搭三點鐘的快車和Ａ離開小鎮。要離開必定要等到夜晚。那個賭鬼將整夜握著牌，非等到明天把錢都賭光了是不肯輕易離開的。她想到Ａ，寫了一張小字條，跑到外面，招呼了一位在附近遊戲的男孩，請他跑到車站把字條交給Ａ。她是對的，等日落夜來再啟程。

九

兩個人相對交談許多瑣碎的事，在他們交往的日子中，從來沒有像今晚在車廂裡這樣誠懇相對。他們雖各自警覺但盡量使對方瞭解。他們的年齡是如此懸殊，各自的束縛很深。Ａ沒有經驗，沒有試煉，一切觀點幼稚而又脫離現實。書本的知識在生活面前露出脆弱和無能。但是他的本質在將來的日子會顯出無比優美和動人的美德。Ａ將獻出現代人所喪失的勤勞和恆久不渝的情操。

火車抵達北鎮已經凌晨時分，她已不再太堅持到北鎮後分手。她原想繼續南下旅行或做些什麼事，但那時沒有任何班次的火車可乘，所以她同意他到旅社去休息。在這北鎮大城市裡的凌晨時分，街道十分迷人，瀰漫著薄霧，行人稀少且不像真實。透過霧氣的星光，使她感覺星星們與人類的接近。世界是如此廣蔓和偉大，兩個人第一次因為涼爽的氣溫和陌生的地形，因為疲倦而結合一起。

／僵局／

166

十

他們在床上醒來，已經錯過了七點鐘的那班火車。他們誰也不在乎是否趕得上那班車。

A已經不同於過去，只有片刻，情狀有如隔世，他在那突然之中把自己提升到與她甚或一切人們相同的世界，在這個世界裡他不再是個男孩。他已經開始知道義務的迫切性和神聖的一面。午後他們才搭車往南鎮，A想在北鎮訪問他的父母的事已經擱置腦後。但至此，當他們雙雙踏上了旅程，他們才共同領會到被擾捉的恐懼。他們隨時都會感覺那個追捕他們的人近在眉睫。那個人以各種形式出現，雖然是清楚將有一天會被逮捕，但他們還是起程奔逃，以抗命運。

十一

誰都不預先清楚新埔是個怎樣的市鎮。其實它談不上是鎮或鄉，僅僅是個村落而已。火車抵達了這一站，從車廂走下來的只有五六個人。最初的一眼瞥望車站那所屋子，它看起來很低矮像個住家。房子用木材和黑瓦建造，屋簷很低垂，像個戴鴨嘴帽的頭。房子周圍很樸素，整潔和乾淨，越過這一小塊環境，四面都呈現著乾淨和荒涼，山很靠近，土地上充滿一處一處的沙丘，樹木參差不齊。走出車站，展現在前面有一條雙排油加里樹庇蔭的道路，那

是一條泥土、沙和石頭混合的乾枯的路。舉目眺望全村，住屋非常的零散，顯然也沒有聚集在一起的商店和市場。他們三個人在村落上兜轉著，尋找不到一處可投宿的地方。他們只好再折回到車站。這時是日落前幾小時的時光，他們的疲困的眼睛穿過密疏不均的木麻黃樹的間隙，看到澄藍的海洋，並且發現在海灘的一處聚集著拉網的一羣人。

當他們走近海灘（並非想去擁抱那些高大的木麻黃樹幹），他們心中帶著無奈的欣喜。木麻黃樹的確很粗大，它們投下一塊塊的陰涼在沙上。他們只得暫時靠在樹幹坐在沙地上歇息。他們一動也不動地把眼睛投在捕魚的人們；他們彷彿被倒在模型槽內的石膏很快凝固了。在沙灘上，太陽的光線依然還很猛烈，直接地照射在男人和小孩的赤背上，被曬成銅色的皮膚比金黃的沙更深，黑色的頭髮常常閃著珠子的光芒，射進樹下他們半開的眼眶內。這時他們的眼睛才會眨動一下。他們還活著。沙灘上還有大部份的婦女在拉網，身體慢慢仰後退步走。海浪很規律地一次又一次拍擊一隻擱淺在水邊的木船。

他們一整天都未進過食物，在車廂裡三個人曾共用了一杯開水。在這之前，他們四處潛逃逃避一個魔鬼一般的人物的追蹤。命運又促使他們三個人曾共用了一杯開水。現在他們靜靜地在樹下坐著觀看，和思索。在心底處有一共同的感覺：就是對絕望的默然。這一切都是他們的自選，不詛咒也不加以歌頌，完全是對憂鬱的愛好和對教律的反抗。

然後太陽漸漸地下降，陽光也使海灘的景致改變，天空和海洋也由單調變幻為富麗。現在是黃昏了，接近遠處水平線，上方的那個紅球，可以注視它半秒鐘。可以斷定捕魚的人們是這個村落的大部份人。他們由海水裡收起漁網，再把漁網鋪在沙灘上晾乾。當他們成羣結

隊由這三個人身旁走過時，本來掛在口中的談話突然沉靜下來，用著懷疑的眼光看著他們。

這三個人靜靜不動地坐著，只用耳朵諦聽他們的腳步聲漸漸遠去。

現在只有潮汐的聲音可以聽到，每隔幾小時有一班火車到了車站又離去。車輪的聲音使他們想到辛苦艱難的旅程。Ａ和Ｂ在漲潮時把身體浸在海水裡，然後躺在沙上睡覺。而她一直坐著，沉默地眺望灰色的海景。

當兩個男人醒來時，她還在樹下坐著。太陽光再一次由東方上升。昨天太陽在他們的面前垂落，今天它由他們的背面升起。地球是圓的，一個球環繞著另一個球。海灘在晨曦中非常寧靜和平蔓。最初木麻黃的樹影塗蓋著海灘，然後，樹影漸漸縮短。對於這個世界，歡意和疲倦的感覺混合在一起。在金黃色的海灘和澄藍的海水上方，他們那呆遲的眼睛看見一座懸吊在空中的城樓。他們第二次看到那個似曾相識的古怪的男人立在城堡前的一座小山丘上，已經沒有那身紅鞋軍帽的裝束，他改穿著絲綢的襯衣和窄腿的長褲，髮尖垂貼在前額上，腳套著一雙船形的軟鞋，他的雙臂展開，開放著粗曳宏大的歌喉唱著。

然後那兩個人和那座城堡像一張畫片一樣，畫被人從一角迅速地撕去。他們的耳朵所灌滿的歌聲為零碎的語聲替代，那些昨天捕魚的人們的腳步再從他們身旁經過。Ａ站起來向其中的一位長者乞討水喝，隨即Ｂ也站起來。Ａ端一碗水給靜靜坐著的她，他們飲下了些水後，臉上現出一種新生似的甜美微笑。

站在講壇上是一件大痛苦，對純樸的人性來說。站在講壇上唯一的目的是想贏得對方，想在對方面前顯示權威，命令對方絕對服從。文明的制度啊，它建造得像一座巨大的城堡，或塑造得像是一位巨人，但是在純樸的真實人生面前，巨大的城堡和巨人都將隨時間倒塌和退縮。將軍和小孩對峙著，但是將軍因自慚而倒退，留下了小孩。而英雄主義是內心的消極和空虛……

十二

十三

B和她跟隨在遊行的人羣的邊側，在民俗鬼節那天晚上。那是一個歡樂和顫慄的隊伍，抬著花燈，水燈船，奇異的螺聲和鼓樂，由一羣穿黑衣裳的人吹奏著。隊伍先在鄉道上遊行，放著嗜殺般的鞭炮，然後到了海灘，樂聲吹奏到最高潮，他們把水燈船放在漲潮的海水裡，推送著它向海中盪去。月光照著沙灘和海洋，照著站在水燈船舷邊的紙人。它們像浩蕩的船隊向幽暗的海洋漂蕩而去。

海灘沉靜下來了，只留了B和她在樹幹間慢慢踱步，他突然擁她入懷，而且吻著她。他心中要這樣做是為一項對將來的決定：他必須和A以及她分手，讓她和A成為一對愛侶。他

曾經想和他的好友做一番殊死的爭奪，從Ａ處搶奪她。但是許多時日以來，他心中已經達到了這樣的確定：她與Ａ在現實生活更是互為依靠的一對。他以為愛慾的爭戰毫無意義。是要他殺死Ａ，其結果也將使自身導入瘋狂。

十四

　　Ｂ在家裡度過了數月外表平靜而內心十分憂悶的生活。白天他幫助父親做事，黃昏以後他儘量去排遣，把那一段在一天中最富騷亂的時刻打發掉。他到城中心去看電影，每天都去看一部片。他除了看電影外就沒有其他的嗜好了。他不喝酒也不吸煙，他也不去找昔日的朋友。尤其後者他心裡總是找到某些理由讓自己相信再和成年以前的遊伴相處廝混是一件可笑的事。無疑他已經把自己當為成人。他甚至害怕在街道上遇到中學年代喜歡結羣打架的朋友。他們變成怎麼樣，他一點也不關心，要是他聽到其中的某一位當了經理，有無數的錢財，或者某一人入獄，他同樣抱著極大的蔑視走開。他避免談論舊事。但他心中不免自責自己今天如此低卑的境遇。他避免空閒下來使自己沉溺於沉思，但是他並不是沒有這樣的時刻。越想避免就越會造成這種相逕的狀況。事實上，他恐懼在日常生活中因煩悶而陷於不良的嗜好，那麼他除做事看戲以外就只能去沉思了。他沒有辦法不想到最近數年自己的所作所為。這是他心地善良的地方。他覷覦於一切會產生情感的事物。他可以說又憂鬱又寂寞。

　　他看完電影後一直沿人行道散步回家，離開市區，有一段長路十分黑暗，路旁種有高

171　　／分道

大的樹木，他一面走一面把電影的情節回憶一遍。是的，那些特別氣氛的段落總是像自身發生過的事物。他像一隻寂寞的狼，走在坎坷黑漆的道路上，垂著頭顱，而四周全是荒漠。他已經不再像往日一樣熱衷於繪畫創作。當他閒空下來，就像一個得了瞌睡症而懶散的病人。他蹲在火爐旁邊，把每一張紙端詳約數分鐘才丟進火燄裡。他對自己的創作沒有信心，看不出有特別富意義的使命感。那一大捲速寫的風景和人像作品，只有使他對那種平庸的觀察力嘲笑一番。他想不出自己有藝術家的那種不平凡天份，無論他怎樣寬容他自己。他越想越感到自己平凡和庸俗。首先他在自省中自覺自己沒有永恆的耐持力，他自己不否認有點小聰明，但是他同時感到那點聰明是為了自私而產生。他觀察父親那種隨和的處世性格，這一點無疑也流貫他的全身。他終於憑這一點有了重大的發現，他早年的乖戾僅僅是為了反抗，當時幼稚的觀念使他對那種持重的哲學感到可恥。他甚至在當時憎恨父親沒有照顧培養他。現在他自己不知不覺已經漸漸傾向於父親的那一種性格。他開始不再幻想，或意圖做驚訝別人的舉動。他像一條分歧出去的小河，終於又和大河匯在一起。

他想把一件事做好並不是不可能，他的能力應付日常事物非常自如。他發現抱持機械論非常可以適應暫短的一生，而不必自討苦吃。過去當他自由自如地在各地漫遊時，他沒有善惡的觀念。現在他自己像法典一樣也能分出那些事是對，那些事是錯。他甚至已經承認精神和肉體沒有辦法求得統一，認得內在和外在是兩個衝突的敵人。他深以為人必須做抉擇，走一條單純的路。個人必須隨大眾的潮流走，逆流是沒有意義的。他常提醒自己現在已經是民

主的時代了。他以為人不值得單獨抱持自己的觀念，那是過去的時代，聖徒行為的風尚。總之，他不贊成肉身去接受意志的命令，隨自由意志去做一切事，這是瘋狂，把精神與肉體徹底分開，是唯一生存的佳徑。現在他變得理智起來了，他奉理性為唯一至高的德性。他對熱情的表現感到可恥。發現自己居住在家裡感到特別舒適，一個富裕而平靜的家庭是非常令人滿意的。他接受母親的請求，星期日一定和全家去禮拜堂，晚上他減少外出，假如是出去看電影，回家一定乘車不再步行。他重新開始在閒空時做些運動，而不喜歡操勞的工作。他認為前者可以鬆懈神經，獲得愉悅，而後者只有造成煩惱。他不再有其他與倫常相悖的幻想，他甚至對將來的生活有點兒計劃。他接待別人總是掛著笑容，他洽辦的事一定講求功利，他的外表經常是十分潔淨，雖然沒有太大的裝飾，但是領帶是一定要掛的。認識他的人，甚至是自己的父親都重新予以新的估價。人家說他有點他父親的風度。他的健康一直保持得很好，已經有點發胖的跡象，與他的父親的體型越來越像。他辦事是有點小技巧，他講求公正和合理的原則。他喜於考察事物的是非。在家庭裡非常敬重雙親，絕不隨便言笑。他所表現出來的莊重態度是異常明顯的。他開始喜歡讀古詩，臨帖古今書法家的字跡，每天抽出一小時練毛筆字，不久已經把字體寫得端正有力。相反的，他不喜歡現代的東西，他認為現代的藝術文學都不成熟。有一天，他接到應召入伍的通知書，他整裝高高興興地前往報到。

在訓練中心，他艱苦地生活了八星期。他心裡埋怨這個地方，但是他絕不會把不滿意顯露出來。最大的痛苦並不是那些緊張的操練，而是他的年齡和學識實在難能和那些剛由中學畢業的幼稚青年求得和諧。他們對不能求得的事物都加以卑劣般的嘲弄，他們誇飾自己的

外表以便掩藏內在的空虛。B努力把自己的一切都加以掩蓋，做得跟他們一樣，B謹慎而理智，對這種不良環境懂得自處。

他的謹慎完全得自內心的樂觀，他的眼光已經能夠觀注到未來，認為一個比較光燦快樂的生活將從不久之後開始，所以他懂得如何忍耐眼前的屈辱。他在新兵訓練中心的一切辛苦的操練都能和一輩精力充沛的蠻牛相比，關於此點，他頗得自信。唯一遺憾的事，他本想贏得射擊的高分，結果卻沒有得到。八星期像一陣勁風掃來時很難受，但也很快地掃過去了。

他本質上是個富於思想的人，他比一般常人聰明些。結訓後的五天假日中，他獨自躲在一個鄉下的旅店裡，一位嬌滴風趣的妓女日夜陪著他。這是他生平第一次這樣做，也是第一次願意出高價錢去買得這份樂趣，他內心沒有半點苦悶和消極的情緒，他完全是為了自己個人生理的理由決定了做這件事。他藉此來試驗他未來的生活。他們在黃昏的樹林中野餐，在夜中散步。可是他不會像像詩人藝術家一樣從此對她不渝地傾述激情，他在冷靜的理性的促使下愉快地結束了這一次的假期。

甜蜜而沒有痛苦是他對未來抱持的信條。假日那一次機會使他證明理性是一切個人達到目的的唯一依持的原則。和A分手之前，他是太痛苦又太寂寞了。他深得這份教訓。高貴的情操對他已經不甚重要。而且對他來說，生命太短促，他認為機會甚少。想做一個聖人不是他的理想，要達到那種地步的途徑的代價太艱鉅，即使捐一生也不能得到。他意求建立一個小的愉快享樂的王國，這個王國範圍僅限於一個家庭。

十五

她和Ａ不斷地從那個人的嚴密的監視中攜手逃奔出來，當那個人同樣地在四處再擄獲她之後。那個人因為她的背叛，已經變成一個沒有內在生命的空殼，他想霸佔的也是一個外表完好的空殼。她是越來越美麗豐腴，像一朵盛開中的牡丹。那個人掌握了法律有力的一面，否定了她的逃離。他堅持他和她還有未盡的感情，除非他死亡，否則將永不會放棄對她的佔有。這是在習俗生活中的慘劇，法律以硬板的態度支持了習俗。人的命運竟然屈從法律腐朽的內容。Ａ和她像古代的英雄和劫難的美人，由一個鎮流蕩到另一個。而那個人像一隻瘋狂不知疲乏的獵狗，四處佈滿著偵網，當他們稍稍歇息下來喘息，他便不期然而至，把她重新索回。那個人常常突然站立在她和Ａ面前，像鷹鷲降臨，翅膀的陰翳壓蓋一切，使她和Ａ慌張縮成一團。當那個人帶她離去時，也把一切捲走，像一個強盜揚塵而去。而Ａ此時在千軍萬馬包圍之中，已像個雛雞一般退縮一旁，慘痛地看他把一切全都捲去。經過一段時日，Ａ才能恢復精神乘著那巨魔不備，又潛回他的巢窩偕她同奔。Ａ堅持真理又恐懼強權。在男女兩性中，女性是唯一的智者，她是自然的大部份，她懂得自生自滅而不必有原則，呵，就是雄性不在，雌者亦能單性生殖。

十六

當Ａ和她經過長途跋涉抵達Ｂ的家門時（他們已尋找多時了），Ｂ和他的妻子正在整理行裝準備去做短小的旅行。看見他們突然抵臨的確感到十分意外，但是現在對他有何影響呢？目前除了自己私有應做的事外，他再也沒有餘力去兼顧其他的事物。他以沉定的態度接待他們，他的內心正在做著一番盤算。無論如何，明天的旅行是不能因此打消的。他完全明白他們現在搬靠過來是走投無路了，以幾年前那種逃避的方式生活，現在看起來終於帶給他們空前無比的疲乏，而且還會繼續加深這種疲乏。從表面看，他們是完全的失敗。他有些厭惡這樣的匹配，Ａ現在的相貌，令他由衷地厭惡，他常在洗澡時由鏡中觀看自己，對自己白皙肥胖的身膚感到很滿意。

不到五分鐘，Ａ即懊悔這一次的來訪。他不得不壓抑馬上告辭的意願。四個人坐在那裡，彷彿對峙敵視的四隻動物，互相銳利地觀察對方且保持自身的謹慎。這完全是兩個男人間的私事。他們從屋裡出來，在下著雨的街道上走著，Ｂ撐傘，兩個男人並肩走在一起。兩個人互詢著從分手到現在這一段時光所發生的事。他們想藉談話來探索對方有多少誠意。Ａ把自己艱辛的生活說得很淡然，的確，他不知道要怎樣來說出所發生的事。Ｂ相反的，他能說出自己怎樣認識一個女子和最後結婚，這整個過程生動有趣的事。就是他想隱瞞某些事實，他再也沒有餘力去兼顧其他的事物。他有些厭惡這樣的匹配，Ａ消瘦了很多，像曬多了陽光。她則依然如故，看來也馬上要如花般萎謝。

/ 僵局 /   176

時，他能以一個令對方完全相信的杜撰故事來替代。他們不知不覺在雨中撐傘走了約一小時，回到家裡之前，在商店買了兩隻烤雞。

看見烤雞，令兩個女人喜色外露。B一時內心突然充滿了冷酷的憤世嫉俗的感想；在這一刻，看見他們喜色外露的怪樣，不但憎惡眼前的三個人，甚而推而憎惡全世界的人。他常常內心抱著懷疑但又不能不承認所謂人生的目的的單純，尤其是看見人們在他的面前顯露了那種樂而忘憂的模樣。晚餐正式開始。才稍稍改變了各人間僵持的不自然的窘狀。因為吃，是真正地進入了樂而忘憂的地步。真的，到現在確認自己的立場已經不會感到慚疚。誰都沒有虧欠誰。從此刻開始，假如還有所謂友誼的話，那是完全要聽命理智來作安排，那種忘我的熱情已經消褪，人與人之間不能交通已是完全確定的事實。他們開始飲酒說笑，儘管搬弄出怪誕來。

十七

B和他的妻子大清早即已動身旅行去。當A和她醒來時桌上留有紙條和鈔票。昨夜的餐食和歡笑已經過去，顯得早晨特別的頹喪。A這時才真正看懂屋裡的佈置，藉著幾個小件的華麗巧飾，顯出其含蓄而憂傷的特性。A不斷地注視和思索那些被懸吊在天花板一角的小金星，和一張貼在牆壁上用蠟筆彩色的聖母像。他不得不承認B在另一個世界的合法存在，這一個世界是B經由艱辛的努力以及無比的果斷得來的。他和她把門窗關上，走出門口，把門

177　　／分道

小心的鎖上。

　　他和她步上了一部開往未來的汽車，在這個不可逆料的旅程，這一次應該比前一次更加堅定──他們會活下去──心目中唯一的可信的依託經由這一次訪問已經把它切斷了。世界除了自我，再也沒有任何可依靠的事物。而且有一個信念是逐漸明晰起來的：那就是命運的自決。汽車在一條曲折的道路行駛，他和她憑窗凝望天空中一隻單獨飛翔的紙鳶。那隻紙鳶發出彈弓的鳴聲，他們不知道誰會在此時（不宜的季節）放飛風箏。汽車經過一片田野，他和她終於看到那個在暮色下站在田徑放風箏的人。他的衣著破舊和古板，戴著一頂斜側的布帽壓遮著右眼。Ａ告訴她，那個人是他們相識的人，他是個神祕而古怪的人物，曾經在新路上騎車和海市蜃樓的草地唱歌。那時他們是和Ｂ在一起的。

訪問

一

女傭領著他走進客廳，在這個明亮的早晨，這偌大的客廳無人坐在那裡。「等著，」那位女傭對他說。「市長在吃早飯。」他不是第一次來此地，當杜米還在的時候，他常常隨杜米到這裡來。客廳那時有一架鋼琴，杜米是個優秀的彈奏者。那時客廳是另一種模樣。這兩年中，這所房子是整個修過了，客廳當然有新的陳設。他走進門戶第一眼便尋找那架鋼琴，它還在客廳裡，真是感謝天地。但是那個位置不對，它設置在那裡便不適於彈奏，它還堆在一個陰暗的角落，那件罩衣像是從來未曾翻過，這鋼琴成為一盆小仙人掌的座墊。這個家族，除了杜米，沒有人對音樂感到興趣。現在這客廳是配合杜家的榮顯裝飾的，這時

那女傭因房子裡有人在了，才去拉開那些在四面八方圍護的窗簾。當外面的光亮伸進了這室的角落時，他馬上覺得他像身在無遮避的曠野，有一種過份明亮所刺激的不安。他往電源開關的牆壁走去，那位女傭馬上阻止他，「我來關掉它們，」她說著從另一邊牆壁走到那一邊牆壁，連續把一排白色的按鈕有序地由上按下。她的教養這時吸引他去詳細地凝視她。她的特點是端莊和冷漠，面容所存在的表情不是對工作的怨煩而是天性自然的扮演，整個迷惑他的是她的一種無罪的虛偽。她的身姿是介於高貴和粗獷之間。無疑的，她在市長的訪客來時出來招待要比任何人都更能嚇阻他們的輕佻。她使他們產生許多神祕的想像。而這些想像絕不可能是實在；僅僅是發自他們那種羨慕的心理的假設。這時他自屋子的中央折返到沙發僅有數秒的時間，馬上讓他有種會顯露他也有此類想像的危機，因為他看到她行走這個客廳的每一部份，拿著一塊潔白的擦布正在撫摸那些家具，她在他那舒適的休息中看來猶如是一個特意表演的角色，使他的意志集中在她的身上，那塊擦布，無論如何，經過多次的使用依然是潔白的。當她的擦拭對象轉換到那些由數組組成的眾多的沙發時，他的不安達到了頂峰而不得不站起來走到一排龐大的書架前面。這一次，她沒有阻止他的行動自由。假如她開口說：「請坐，我不會干預到你」的時候，他將如何舉動呢？他會重新坐下來還是回答她一句話，或走到書架前面呢？他實在不能他確定會如何。而最大的可能是服從她的命令坐下然後又隨自己的意志站起來走到書架前面。但是那位女傭什麼也沒有說，反而在隔了一刻後才這樣說：「有一半以上是杜米的藏書，昔時是被稱為浪費。」他想他是漸漸會被她控制著而更加困窘。「我完全認識那些是杜米的，那些不是。」

「數年前你和杜米在客廳裡完全還是個孩子。」

她是想由輕蔑之路來挑逗他。他轉過頭來注視她。

「妳看來像是從未再改變。」

「我老了，你不知道？」

「妳實在是更加年輕了。」

「胡說。」

她馬上阻止對方，停止這個爭執，因為情勢顯示他站在優勢。他沉默下來，在書架前面橫走了數步，突然眼睛也停在一個米色的紙匣上，他非常熟悉這個紙匣中所藏的本子。

「為什麼杜米的日記也擺在這裡？」

「市長認為沒有什麼可保密的。」

「我相信妳一定看過這些日記。」

「不錯，我喜歡杜米。」

「妳喜歡他那一點？」

「他溫柔、聰明，像一個女孩子。」

「他不是這樣的。」

「假如杜米是女孩，他不會自殺。」

「但杜米絕不是個女孩的爭辯是無用的，她的擦拭工作做完了，便消失在一扇門裡，把他單獨留下來。

二

頃刻，她自另外的一扇門進來，幾乎嚇壞了他。他正想拿杜米的日記回到沙發裡去閱讀，因此他在舉步轉身的當口強阻住自己，依然留在書架的前面。她當做沒有瞧見他，直往茶几走來並放下了一杯茶。他希望她快離開客廳，不要把他當做重要的客人招待，陪他留在客廳裡。她的確把他看做一個熟人，因此毫無顧忌地留坐地沙發裡，並沒有遵照放下茶杯後退出客廳的規矩。那麼她坐下來是因為他是杜米的朋友準備和他談談杜米。不是的，她是坐下來趁這個空閒的時候看當天的報紙。他無論如何回不到沙發來歇息了。他也沒有興趣去看那些眾多的書籍。杜米的日記放回原位，他只好踱到窗邊去看庭院的花圃和青綠的草地。她說：

「你關心時勢嗎？」

「不關心。」

「這一家的人連三歲的小孩都非常關心。」

「我當然不能避免。」她又說。

「有時我關心一點點。」他說。

「那一點點是什麼？」

「譬如我對登陸月球感到興奮，但對越南大戰就不關心。」

／僵局／ 182

「我正相反，登月的事太不可思議，太遙遠。」

「許多人因為越戰指責美國，因此登月的壯舉也失去了光采。」

「但是最怕的還有一種。」

「那一種卻被人稱為最佳的一種。」

這一次他自己不明白為何要受她友誼的招喚而談起來。當他轉身往沙發走來時，突然他瞥望到她的座位上方，掛在牆壁的一座大鐘停止了行走。她看到他疑惑的神色，放下了報紙站起來。一股恐懼注入他心中。她從注意壁鐘處轉回來注視他，她的臉像受到幽魂的威嚇變得非常蒼白，因此她那平行的雙唇垂掛了下來，眼睛露出冷惡的光芒。他被她的目光止步在客廳的中央，未敢向前踏跨一步。瞬間她又恢復了常態。她那正常的、端莊的姿容此刻更加勾魔著他，使他對自己的某種意圖恐懼起來。「它有時在深夜會自動停止，」她說。「我為什麼在今早沒有發現它已經停了，要是被市長察覺這口鐘停止的話……總之，我必須趁他未見之前把它開動。」她說完走到帷幕後面搬出二張高腳的圓凳。他依然站在那裡不敢輕舉妄動，這是一件常見的事情，在此刻卻令他提心吊膽。她並不理睬或解除他的僵態，只顧將二隻凳子上下相疊，然後才轉回請求他的幫助。

「杜米常常幫助我調整這口鐘，難道你不願助我？」他心裡這樣狂喚著：「助妳？」他心中突有一新的靈感，相信一件事實是出於共謀。

「我……我不知怎樣來幫助妳？我不懂得怎樣調動它。」

「那當然不是你會做的事，我要杜米做的只是扶住我，使我不致從凳上跌下來。」

他想，這個女人居然常常把杜米從鋼琴前叫來助她調鐘。

「但是……」

他不能往下說。她笑了起來，她完全明瞭他的躊躇不前是因為她穿裙子而不是穿褲子。

「走過來，」她對他招手，「這不算什麼呀，我的孩子也有你那麼高。」

當他跨前兩步，她同時走過來熱烈般地捉住他的手，拖他到牆邊。「扶住這兩張凳子。」她說。她的腳踩在沙發上面，然後抱著被他穩穩按住的凳子，移腳登上。他抬頭看她是否站穩，在他的視界裡只見到她赤裸的腿。她站得挺直，那兩根白柱便愈發壯麗。他馬上低下他的頭。

「扶穩！」她叫著。

他低下頭移開視線，她的身體便在凳上搖晃著，證明是他的雙手失去維持平衡，因此他不能不確信此時的眼睛用來做調整平衡的信號。他迅速地將頭再度仰望，他的神志開始游離起來，這種機遇的可憎也同時在心中滋長起來。

市長自一扇門走進客廳，他咳嗽一聲以警告客廳裡的人他剛蒞臨，當他親眼目睹牆壁邊的兩個男女的醜行時，他迅速地，甚至是一種驚跳而彈射般地自凳邊走開一步，就在這同時那女傭自安穩的凳上自行墜落，她的扮演完全像是扶持已失去了平衡墜下的。她的勇敢是經過長期裝扮的結果。就是事實上她是個貞婦的話，她的從容冷靜的外表也讓人猜疑她和風流個儻的市長有奇妙的關係。但她從凳上跌落的舉動真是出乎他和市長兩人的意料。對市長而言她未曾有過絕然的犧牲的表現，他以為這幕戲劇將因他的出面干涉而中途廢止。對另一個

而言，他只有恐懼而毫無預測將來的能力。對她來說，在任何情況、任何時刻、任何地點，都必須假戲真演。兩個男人不約而同地奔到她墜落的地點，但是一切都太遲了，她因疼痛失去了知覺，她的臀骨，因這一重跌可能碎裂了。市長折回桌邊打電話給市立醫院，五分鐘後救護車已到了大門口，一位醫生和兩位男護士用擔架將她抬進車廂裡，馬上呼嘯而去。

三

「我非常抱歉，」他說。市長卻這樣想：你只是個傻子，什麼也不知道。「我們到車子裡去談談。」市長對他說。但是有什麼可說的呢？他的魂魄未定，原是為了前來問候失子之痛的市長，看到他猶如平日那樣旺盛的精神，自己反而因此蒙上了無比的懼慮。剛結束的那一幕使他至此還感手足失措。他呆若木雞與市長並列坐在後座，司機依照市長的吩咐往街道行駛。「我一點也不會責怪你，你最好放鬆一些。」市長試圖拍拍他的肩膀，讓他有點笑容轉過來對他。他的臉上於是乎掛著一股強笑，把視線稍移些角度。

「這些街道和數年前是不大相同了。」市長又說。

「都是你的功勞。」他恭維市長說。

「你是不是一個贊同我的市民？」

「我是。」他輕輕地且有點膽寒地說。

「我來對你說些我的計劃。」市長說。「我的目標是美化這個城市，從一片骯髒之中拯

救出來，使它成為一個大城，一個繁榮的中心。」

今天市長的工作在早晨是去主持西區十字路口一座銅像的揭幕禮剪綵。現在車子是向那個地點行駛。的確啊，他是個能幹的市長，市民都擁護他。誹謗的叫聲和控告也一件一件地對他攻擊。他的敵手從四面八方來，但他顯得鎮定，未曾動搖或哀叫。

在市議會裡他一個人抵擋百人的攻擊，他的演說非常文雅，完全顯出他早年留學所獲的機智和才能。在民主社會裡，一切事務的解決全賴辯論。他的功績是近代這個新興的城市最顯赫的一位市長。

當他想到人類的貢獻上，市長也是個偉人時，他側過臉對他的側面注目一眼，市長戴著眼鏡，黝黑的膚色在車廂的陰影與外面陽光的對比之下，像青銅的塑像一樣有力和堅硬，在搖擺的車子裡豎立不動，臉上的曲線與鎮定不動的眼光難以斷定他內在的一切。關於報上渲染他喪子的事，他並不想加以更糟的解釋，現在與杜米的朋友同處也顯不出他有特別傷感的地方，從他身上表現出來的是全然的反自然現象。這時他意外發現市長的左耳下方有一塊痊癒的疤痕，像是皮肉一度曾被縫補，彷彿一座翻模不慎的銅像，在那缺口的地方加以袖綴以免露出裡面的空洞。

車子突然轉彎，他轉回視線，由窗玻璃看到百公尺遠的十字路口充滿了站立等候著的人羣。一塊綢緞的素布護蓋著那尊凸在中央的塑像。「聽我說，孩子，」市長告訴他。「剪綵完畢。我一塊網綢緞的素布護蓋著那尊凸在中央的塑像。「聽我說，孩子，」市長告訴他。「剪馬完畢。我希望你還留在車子裡，我要你陪我一道吃午飯。」市長的語聲震盪著他，他心裡馬上拒絕他的邀請，但他說：「是的。」市長在掌聲中打開車門出去。車子退到路旁停靠的位

置。他在市長向市民演說的時候，自車廂裡溜出來，他先站在車邊片刻，然後舉步走開。

四

　一座城市像是一座森林，他從這森林裡捕獸的陷阱中逃出來，驚慌無目的地行走著。

他已經走得很遠，但空際中傳來銅像揭幕式的管樂聲及炮竹的鳴聲。他的心還在跳著，想到自早晨起到現在所發生的事。那本放在客廳書架上杜米的日記無疑是一本假編的故事。要不是自己脆弱的本性所稟賦的敏銳的知覺，他將會無知而感動地投進市長巧設的誘惑裡，無疑地，市長會對他進一步談他的前途問題，因為他是杜米的朋友，這個勾引會在午餐時投下，使他銜在口裡，再咽入肚腸中⋯⋯那個女傭⋯⋯

銀幣

現在，他步上山坡，看見她高高地坐在屋前的石階上，抱著一種赤裸著的雙膝，沉浴在陽光裡。這時她有一張對一切都願接納的恬靜的臉，她的心一定是非常的空虛，正在等待著。這時最令人不能相信的是她的年齡，因為她懂得微笑，且投出勾魅的目光。她學會單單眨一隻眼睛，有時左眼，有時右眼。但是他知道，這一切由她那裡顯示的舉動並不代表什麼。即使她的真情在平凡的時刻最易流露，他也不接受。一切都在改變，因為她並不自由，她的真情也不屬於她，她受一個既高且大的主人的掌握。因此情感總是在一種互不守信且不負責任的玩笑中流逝。

那陽光在午後對她特別恩寵，她已經睡足了午睡，對午餐做著滿足的回味。她裸露著雙臂讓陽光將它們染成棕色，變成像蛇一樣懶惰、恬美和神祕。她的雙腳幾乎是醜的，但她無所謂，因為山高的關係，他認為那是美。她是否有點狡猾，帶著貪圖享受的姿態？那是她的

特徵，她的頸子在左邊的地方有一塊粉紅色的疤痕。她一定是她死去的祖母的化身。有一次

她說：僵化不是和平，它是人性的損失，失敗的經驗和懦弱的心志；它那呆板的莊重總是被

誤信是一種和平。

他走近她，心存餽贈。她幾乎是瞭解般地盯著他步上山坡。他的手伸進衣袋裡，偶然夾

起一枚陌生的銀幣，他感覺它太輕太小而又讓它落在袋裡。

有時她不是她那午後陽光下的模樣，她已成為一個完全的婦人般巨大，屬於一種過去令

人憐惜的典型，她的臉蒼白和憂鬱，內心充滿苦悶和憂慮。她匆匆地走出後院的柵門。

他坐在牆垣上細辨著銀幣裡浮凸的異國文字

Liberty

In

God we trust

此時已迫近黃昏，她把火爐升起，炊煙從屋頂上的煙囱上升，他望著，然後帶著炊煙的

印象回家。

海灣

距離港口數十里遠有一個海灣，一條鐵道路經那裡繞著岸沿。那兩端海岬延伸出去的地方都各有一個村落，漁舟在白天裡置在沙岸上。那海灣弧度陷進來的地方，有岩石和一段沙灘，每天海水輕柔地拍著那小沙灘，浪潮也帶著捲滾的動作排向岩石，使那岩石上的隙縫叢生著短小的海草和刺銳的牡蠣。午後，陽光將臨海的山丘的陰影投在這靜寂的海灣，那些暗影無聲地伸展和擴大，由沙灘染進那深藍的海水，又漸漸地遮蓋了岩石的一部份。在那裡游泳了一下午的兩個男人中的一個，兩手攀住岩石把身體自水裡支撐起來。他站在岩石上，用手拂掉臉部的水珠，他看起來並不強壯也不高大。他的身體的下部穿著一件藍色的泳褲，全身赤裸的部份已經為陽光曬成紅棕的色澤。他自水裡起來後，深吸了幾口氣，再轉向深海的方向，然後立定採取一種魚躍的動作，重新鑽進水裡。幾秒鐘後，他的頭先鑽出水面出來吸氣，然後再看到紅得發黑的肩胛，他在水裡轉身，又朝岸岩泳來。在深水處慢慢拍游的另一

位，看不出他的身材，但是兩隻像鍊條般細瘦有力的手臂，卻緩緩地輪流舉起越過頭部拍打著海水向前移動。從那速度不快的泳姿看來，他的性格像是富有耐性和沉著。他呼氣的時候頭部側轉過一邊，可以看見他的一隻眼睛，這時，他已向岸沿泳來。他像他的同伴以兩臂支撐起身體，爬上岩石。他爬上來便坐在那裡休息，深深地呼吸著，胸部激烈地起伏。他也用手掃掉臉上的水珠。他睜眼看著那個躍下水後重又泳回來的同伴。在岩石上的這一位身體像剛在水中拍打的那兩隻細硬的手臂，肌肉都結成一塊一塊的硬肉，而使身體看起來非常的瘦小。他坐著轉動他的頭，看看太陽然後看看四周和遠處，周圍看起來像無生息似地荒漠。他站起來脫下他身穿的一條黑色短布褲子，將它擰乾再鬆開，他舉步走到岩石沒被水潮淹到的部份，把褲子平鋪在那乾熱的岩石上，而在那個地方太陽投下的暗影還未伸展過來。那個泳回來的人雙手攀牢岩石，僅露出他的頭顱在水面上，他靜靜地望著赤裸裸走回來的同伴。他像一個慣於蹲坐而使膝蓋彎曲的人猿一樣行走。但人畢竟是人而猿畢竟是猿，沒有綜合的說法。人由猿演進只是一種價值的比喻不是事實。如果人是猿演進而來，如果猿又是鯨演進而來，那麼鯨也是人的祖先。鯨是猿，猿是人，那麼鯨也是人。

人也是狗

有些人的面貌像狗

人也是豬

有些人的面貌像豬

人也是蛇

人也是虎

人也是魚

人要是不是單純的人的話，活著不知是什麼滋味。人活著沒有自尊的話，便與一般動物無異。因此，人最好是人，讓猿最好也是猿，不要混合。他從水裡爬上岩石，和他赤裸裸的同伴坐在岩石上休息。他們互相交談著，臀部覺得海水非常適服。漸漸地海水在退落，岩石的面積擴大了起來，他們坐在那裡像變小了似地，但他們還是坐在那裡交談……

來罷，爸爸給你說個故事

當他們從旅舍走出來，朝汽車站走時，她抱著剛出生不久的嬰孩，走在他的後面。車站前面的空氣顯得荒漠，風滾動乾草和樹葉。那條唯一從此山谷到城鎮的山道，因為氣候不良看起來很險惡。他向距離一百公尺山道轉彎處瞥望一眼，那裡堆積著山崩的砂石，狹窄的車道因此隆高著，交通已阻塞了數天。一條匯集山澗的河流在數十公尺險峻崖下，有一座巨大的鐵索橋把兩座山的道路連綴了起來。他向車站的那一位婦人詢問了一下。一連好幾天車子都沒有過來。可是他們卻不能在此逗留太久，孩子在發燒，必須到城鎮找醫生。走路是不可能的，路程不止百里。而且天候斷斷續續地下著雨。那個婦人打電話，然後告訴他，車子已出發在中途。於是他叫她進到屋裡，坐下來等候。

這是一間附設賣車票的山產店，此地因為有溫泉，所以吸引了一些旅客。他瀏覽著那些排列著的和吊掛著的物品，然後眼睛停在玻璃櫃上堆疊著的領巾。

「我想我需要一條那樣的領巾。」他對她說。

「你什麼也不需要。」她望著他。

「它可以擋風沙。」

「是的。」她的眼睛注意地觀察他的表情，然後黯淡地微露笑容。

「雖然是這麼說，我不相信你會在脖子圍著領巾。」

「它們看起來很美麗。」

他站起來走到玻璃櫃前面，一條一條地翻看著那些粗蔴織的領巾。他轉過身來展示給她看。

「這領巾其實是一塊長形番巾。」他臉上堆滿了笑容。

「是的。」她的眼睛注意地觀察他的表情，然後黯淡地微露笑容。

「我希望我們身邊有一塊這樣的東西。」

「隨便你。」

他終於撿選了一條，她坐在那沙發裡似乎有點異樣，抬頭望著門外灰色的天幕和鬱綠的羣山，她開始若有所思地凝視著。他把那條領巾隨便圈在自己的脖子，回到座位來。

「看著。」

「是的，很好看，」她心裡充滿了悔意，不應該隨便答應他。「你在城鎮，圍它是不配的。」

「這也可以當紀念品。」

「我們並不是旅客。」

「我再警告妳一次，別再提這件事。」

「我說過，我們最好要這樣看待自己。」他又說。

「怎麼樣也不能。我們不是出來遊玩的旅客。」

「但我們像旅客一樣的花錢。」

「心裡總覺得不是滋味。」

「我知道，我們最好那樣看待自己。」

他有些惱怒，她沉默下來，重又把視線移到戶外的景色。

「從開始到現在，有多久？」他有點慚愧地說道。

「七個月。」她並沒有看他。

「不，我們第一次在一起，」他的眼睛望著她懷抱裡的嬰孩。

「十一個月。」

「當我們在城鎮，我一定去找一個工作，我們便可以永遠安頓下來。」

「誰在追趕著你，你要東奔西逃地。」

他聲音低沉地說道：「自己。」

她銳利地觀察對方那個低俯著一面思索一面說話的可愛頭顱。

「你應該明白，這是一個島，不是廣闊的土地，你無論到那裡，感覺是一樣的。」

「我對妳保證，我們會安頓下來。」

「我不是在責備你。」

「我已經有點感覺了。」

「我們也有不少的樂趣。」

他沉地思索著。

「以前我有一個愛人。」她緩緩地說著：「他現在還等候著我，我對他說我只是去幾個月我還會回來，假如我現在轉回去⋯⋯」他靜靜地聽著，姿容像一尊塑石般僵硬和蒼白。

「他忠實且勤奮，但我確認和你在一起有一種怪異的感覺，覺得生命不長遠，人會死亡，而山川猶在。」

這時，走進幾個高山族的獵人，手提著已經切開的赤紅的獸肉。他們銳利的目光先對她望望，再對他望望。他們對那個婦人咕嚕地說著。他們把獸肉留下來便走了。

「抱著他，」她把嬰孩遞過來給他。

當他的雙手按住嬰孩的一刻，突然仰望到她臉上一股奇異的神色。

「你抱著他，我出去走一走。」

她整理了一下繚亂的衣裳，挺著身軀以堅決的步伐快速地踏出屋外。他疑惑地望著她那瘦小的背影，一會兒便從他的眼界消失。他低下頭來望著沉睡中自若的嬰孩面孔。電話響了起來，嬰孩自睡眠中醒來。

「汽車越不過來了。」那個婦人對他喚著。

他抬頭越過玻璃櫃望那個婦人。

「汽車像昨午一樣從中途站轉回去了。」

「那些阻塞還沒有清除掉嗎？」

「大概是的。」那個婦人把頭轉開。

他想這時毋庸急著去喚她回來給嬰孩餵乳。他們又得再停留一夜，然後第二天午後再來等候。

「來罷，爸爸給你說個故事。」他對懷裡咿啊啊的嬰孩說。那個婦人從玻璃櫃後面斜瞥他一眼。臉上浮出非常輕卑的神情。「看著，」他指著牆上吊掛的一隻羌獸的頭顱。它張著嘴露出牙齒，它們似乎不情願，尤其其中的一隻，牠在哭泣。「有一天，牠在原野上馳騁，尋食和覓偶，獵人躲在樹後。當牠在樹幹間穿過，獵人從背後舉起長槍，然後瞄準放了一彈，牠應聲倒下，仰望天空，獵人跑來剝下牠的皮，砍牠的頭，然後吊掛在牆上拍售。」

「他聽不懂的，」那個婦人插嘴說。

「將來他會懂的。」

「那時一切都過去了。」

「過去的又會再來。」

「他餓了。」

「是的，我們去找媽媽。」

當他走到門口，他看到一部小巧的紅色計程車，輾過山彎的那堆砂石，急奔到他的眼前來。那部小汽車轉彎後停住，他看清楚裡面坐著四個人，那位司機探頭出來對他喚著說：

「你要到城鎮去嗎？我們還有一個空位。」

「是的，但我們有兩個人。」

「你和那嬰孩嗎？」

「還有他的母親。」

「那是三個人。」

「不錯。」

「我想可以擠一擠。」

「我必須去叫她回來。」

「快一點。」

「她就在附近散步。」

「我們不能等候太久。」

他抱著嬰孩跑開了。一刻鐘後他急亂地走回來。

「怎麼樣？」那位司機說。

「我一時找不到她，我不明白她到那裡去了。」

「喂，她不會回來了。」那個屋子裡的婦人現在倚憑在門口對他說。

「為什麼？」他轉過身來盯著她。

「我彷彿瞥到她和一羣高山族獵人走了。」

「你怎麼決定？我們要走了。」那司機又說。

「你們走罷。」他說。

車子發動走了。

「你無需等她了，她走了，不會回來了，這樣的事我看得很多了。」那婦人說。

他又對那浮腫而驕橫的臉孔怒視一眼，然後跑著追喊那部開走的車子。那部小巧的車子在二十碼外停住了，司機從車窗探出頭來回望著他。

巨蟹集

一

她答應他會在那個時刻出來會他，他整天都因這件事感到興奮。在今天，他還必須去做非常多的事，也正彷彿所有的事都集中在這一天裡，前些時他是沒有勇氣去對她說他想約她出來談談，今天他突然有了這個決定，而且這件事也沒有他憂慮的那般艱難，講話也很暢順沒有阻礙。為什麼會這樣，他一點也不能夠去解釋這件事。他還有很多事要做，包括去拜訪一個他敬愛的舊日朋友。這些事到頭來都彷彿是為了安排打發時間似的。他整天都表現得非常有精神，臉上常露著微笑而且甚有禮貌。最後他因過度興奮而勞累萬分了，當他終於必須在郵政局廊下等候她的時候。他這樣疲勞可以不必還要待在這裡，但是這是他自設的，他原

可以不必等她，但是她是他邀約的。

郵局早已關門，廊下電燈也熄滅了。他坐在石階上，因為他的雙腿站著會感到發痛。他盼望她到來，要是她果真前來，他應安排去處。這一點事實上沒有問題，許多餐館在這個時候都備有消夜。請她吃一頓雅緻高尚有情趣的消夜，以後的安排就較容易了。他不是為政治的目的接近她，也不是為其他有價的原因。但是，像他這樣坦露的誠意是否反而會驚嚇了她呢？這實在說不定。他勉強站起來，走過街道，在對面的一家即將打烊的西藥房買了一瓶解除疲乏的口服液飲下，他想他不能讓她看見他是這般地疲乏，那是太丟臉了。

事實上體力和精神經過過度伸張後，藥力也不能挽回它們正在急於萎縮的狀態。他在廊下徘徊，因為她隨時會從斜對街的一個門戶走出來。那些在深夜還敞開的門戶已經不多了，他看著它們一個一個地關閉燈火，最後僅剩下三四個門戶了。他一陣一陣地鼓起精神，當他對那些門戶遙望的時候，他相信當她對他走來，他的精神都將振奮起來，一切會很順利。

她是否不來會他？他自己也不能解釋為什麼會有這樣的灰暗的思潮來襲。所謂世界，本來是不存在的，唯一的證據是思想存在時它才存在。她本來是會來的，只是因為他想到她可能不來而她才沒有來。既然有了這樣的想法，想要排除這樣的想法就已經太遲了；他不能再回到原有的想法而輕易地排除現在的想法。它既然來了，就非常地牢固，而且會伸延和演變。這種想法表面上像是知道他超過來會的時刻的影響才產生的，其實它卻是確實存在過而他才思想著。它也不是因他的生理狀況的重負而影響了精神，事實可能是先有存在才有思想。是的，她可能不來所以他才想到她會不來。

但是兩者是一樣的，不管是他想到她不來所以他才想會不來，這只是同樣一件事正反的說法罷了。現在唯一安慰他自己的辦法就是想到她純粹可能因事耽擱了。她也許現在正坐在鏡前把自己打扮得漂亮一點。她在不打扮的平時已非常的有誘惑力了，可是這點還不能滿足她自己，女人的魔力總是想使男人承受不住才滿足，她們想害男人總比要愛男人更甚些罷。那麼這一時刻，他相信她一定會來了，先前的爭論已經不存在不重要了，那兩者即使不是正反的說法（事實上有先後的關係）也無所謂了。因為有力的乃現在的想法，這個想法的存在是來自一個新的主題。但願他真的承受不住她的魔力而死亡。他替自己祝福著。

一會兒，他重行坐在石階上，低垂著頭，他完全被睏累擊倒了。時間已經超過了很久而情況依然如故。這時的睏頓引發他想到切身的問題而摒棄了先前那些空泛的論調，他甚至不相信她在為他而坐在鏡前裝扮自己，這個想法現在變得笑死所有的嘲笑感性的知性學者。它的存在其實是一種可能的假想，受到一般慣例的控制。那是粗俗的不精緻的一般的想法，缺少個別的特殊性。它不存在是顯明而正確的，與空泛的論調同樣的容易推倒。有兩個問題接踵而來，第一個為什麼她承諾了就必定來？第二個是為什麼他設計了這個約定就必須等候下去？她既然不來，他就走開罷。他實在太疲倦了，一切都索然無味了。

誤會是否就在他自己身上，他這樣想著。認真計較起來，她並不認識他，不知道他的職業、年齡以及居住何地。而他對她同樣一無所知，只是憑著那一天，雨絲細細地飄落著，他騎一匹棕色的馬經過街道，養馬的主人跟隨在馬尾後邊，她和另一位女伴依傍在門邊，對著

馬上的他投著笑容。當時他傲慢的表情，僅僅對她羨慕的笑臉飛瞟一眼。他這樣做是為了掩飾，他可能在任何分心的舉動中翻落馬蹄下。傲慢對他只是膽怯的面具別無其他，因為他在學騎馬，正要騎到鄰村去。

他抬頭來，輕輕地對空洞的街道喚叫著：「請給我的輕薄一些懲罰罷。」他站起來，想舉步去，他回頭最後一次再望斜對街一眼，他停止住了，三四個門戶僅剩下一個半掩著門，看得很清楚，由屋內投出的光線映在街道上是一片菱形。她是有意的，要讓他多等一些時候，她大概希望街道都無人時始出來會他。原來一切都操縱在她手上，他樂意這樣服從她，這樣的話他在往後也會有所要求的，那她也就不能拒絕了。他重新徘徊起來，她就要出來了。

這一點希望，很輕易地就使他繼續留在廊下。他多想些他的過錯，以一種愉快的心情譴責他自己的無端。假如她來，他就要感謝造物主的恩惠。首先他走步的腳看起來還很強勁，廊下的這一端走到那一端約需十五大步，他一次又一次地回身再走。他這樣地躇步有一百遍了。他坐下來，就在石階的同一位置，這一次他很快睡著了。

二

她對他說出六年來學習鋼琴的艱苦情形。每當她從工作儲存起來的錢將夠買架鋼琴時，家庭裡便會發生異乎尋常的事故，在這樣的情況下，又得再一次地把買琴的念頭耽擱下來，

把錢拿出來應急。女孩子的命運就是這般地，永遠要扶持一個可能隨時倒塌下來的家庭，而不能順其私心的願望。有一回，她說，一位教師問她：「妳有鋼琴嗎？」「沒有。」她回答，就這樣被拒絕了。現在她必須每星期日搭車到五十里外的鎮上去學琴。她留在那裡一整天，但她必須付出很昂貴的代價，這個代價是她得星期一至星期六在一所幼稚班當教師的薪金的三分之一。她現在還是繼續在儲蓄，當家庭平順的時候。可是她永遠存著那懼怕，懼怕那烙印再燙到心上。偶爾，他從低頭貫注視她那兩隻離得太開的眼睛，那張平闊粗陋男人般的臉孔。他儘量想聽清楚她的傾述，或者坐在那裡想把現在和過去連綴起來，但是不可能，除了那本蝴蝶書，他把它攤開放在雙膝上，低頭望著，只有從圖形和色彩能感染少許模糊的情緒。那麼他抬頭不是被她的話引動，而是他感覺頸子痠麻。她繼續說著，總是希望他能從他那沒有傳達力的聽覺中也能捉取少量的意義。她也想引動著他，故意去拉扯那襲遮蓋不住粗大而多毛的雙腿的短裙。「父親只熱衷於釣魚，」她說：「裝出老年人溫和的外表，做出最具卑劣的欺誘的勾當，在半段蚯蚓體內串著那根尖銳的鉤絲。可是即使性慾和道德兩者也同樣難能撼動呆若木雞的他。」現在必須講到那些吊掛的獎牌了⋯⋯

哦，她迅速地從沙發椅站起來奔到門邊，把那位被祖母雙手吊著的小女孩搶在懷裡。她

阿姑！阿姑！

阿姑！阿姑！

阿姑！阿姑！

坐在椅子裡，那位小女孩的身軀挺硬地倒臥在她的臂彎。

豐玉，豐玉，

她連續地叫喊小女孩，憐憫而又愛惜地：

豐玉，豐玉，

這間樓上的客廳，寬大而舒適，在他們圍坐的沙發椅中間，擺有一張線織的白色桌巾，一隻放著鳳梨的瓷盤和一隻裝著香蕉的竹籃壓著茶几上的桌巾，那是一張手工精巧的線織的白色桌巾，兩隻綠色小茶杯，一隻放在茶几四方形的短邊，臨近著她，另一隻放在四方形的長邊臨近著他。他每飲完了杯中的茶水，她就站起來走到角落放茶壺的桌上去為他再倒一杯。

現在，那古怪的：為腦性麻痺所摧殘的小女孩，倒在另一張長沙發裡，用著那失去了均衡的灰色眼珠望著他，她在另一邊繼續她未完的傾述。祖母剝開一隻香蕉，把它塞進想說話的小女孩的嘴巴裡，小女孩的咽喉發出唔唔的鳴響。一隻硬直的左腳，踢抵著祖母肥大的乳房。這本蝴蝶書遽然從他的膝間滑落，打在地板上，他終於明白了；那被母親蓄意掛在木柱上的來年（一九七〇）的綢絲日曆為他突然發現了。自他回來，他此時感到對必須延續生命一事惱怒了。

未喫完的香蕉被丟在竹籃裡，祖母迅速抱著小女孩走開，小女孩在祖母的雙臂裡扭曲而嘶叫著。她停止了嘮叨而改用流淚，一面對小女孩揮手道：

豐玉，再見！

豐玉，再見！

而他木然望著祖母離去的背影，當她拖著不情願的小女孩下樓時，首先是雙足，再次是

身軀，再次是頭，用著一條布巾綁著的，最後全消失了。

三

　　某日他搭乘火車到了一座城市，下車後他感到肚餓，提著行李走進鐵路餐廳。他花了二十元點了一客快餐，茶盤上的馬鈴薯燒肉異常可口，他覺得這一餐非常實惠，帶給他很大的滿意。他雖吃了午飯（這時才午後一時）但並沒馬上離去，把位置讓給別人。他想起住在此地的一位教師，臨時想請教他一個問題，於是走到櫃台翻看電話簿，找到了那所學校的電話號碼。他依照打電話的規則投進一個硬幣撥號，對方拿起了電話筒問他找誰，他說了那位教師的姓名，對方說沒有這位教師，並說他自己是新到此地任職的教師，雖聽人說過他的名，但是似乎已經在數年前因車禍喪生了。他放下電話筒回到座間，侍者問他是否還想叫一杯咖啡，他知道這問題的意思，答稱馬上就走。本來他想請教那位教師的問題是臨時想到的一個不重要的問題，目的是想在城市裡找一個人談話，不料現在這個問題像鬼魂似地盤繞著他不易除去，它叩擊著他的腦筋，使他對如何置身於這個城市感到害怕。他開始恐懼自己在活生生地暴露著。提起行李，他進來時的輕鬆疲乏的情緒消失了，他精神緊張而懊惱地推開餐廳大門，馬上招呼一部計程車，請他開到一家僻靜的旅舍，他把門關著躲在裡面。

　　他在裡面把自己的模樣調整一番，他在鏡前剃掉臉下的鬍鬚，配戴上一副眼鏡，這種模樣彷彿一個實習醫生，或者像是讀工程學的學生。他走到街上，隨時隨刻提醒自己是這種身

份之一。這是夏季，黃昏的時光很漫長，他逛逛高級的百貨公司，又去幾家樂器行，卻什麼也沒有買成。他看見牆上的一張海報，城市裡將有一場室內樂團的演奏會，這個引發他買了一張普通票。然後他稍稍寧靜了，走進一家備有冷氣的餐廳，吃了一頓最滿意的晚飯。

當他付帳時詢問女侍市政府的禮堂在城市的那一條街道，女侍告訴他在市府路的頂端，他再問市府路在那裡，這時經理走過來：

「請問這位先生是他鄉人嗎？」

「是的，我一點也不熟習這裡的街道。」

「請問先生到此地有何貴幹？」

「我只是旅行，到此地來，今晚——」

「那麼你是第一次到達此地了。」

「今晚我想聆聽——」

「今晚午夜此地有宵禁。」

經理跟著他走到門口，用手臂指示他該順此道路一直走。他步行了一段路後，突然恐懼的感覺再度襲來；他在不知不覺中似乎將自己的身份告訴了那位經理。他頓然覺得那位經理的笑容是一種詭詐，直覺到他在表面的職業背後又負有另一個職業，這是人類的末路，沒有人清楚，有那些人組成了一個勢力在想毀滅另一些人，永遠沒有人知道，也無從計算，因為隨時都在變化，這真是人與人之間的危機。他想，人類繼續生存在地球的時間已經不會長久了，當人類所有的成就都瓦解時，也許正配合著一場宇宙的大火。對於這場大火感到疼痛

207　／巨蟹集

的，並非因為它的熱度，而是做為一個屬靈的人類的內心的愧疚。

燈光熄滅時，帷幕拉開，演奏者走了出來，一隻柔細溫暖的手移過來握著他的手。他內心邊然間充滿了感動，眼光直視前方，不敢斜過來注視她。她什麼時候來，完全不讓他察覺，也許就在燈光熄滅的那一頃間。她的臉容和衣飾如何他也不知道，他怕他的貪婪會驚走了那隻傳達心聲的手。他咬緊牙根忍受著，原來他所嚮往的是痛苦而不是快樂。這是一場空虛者突然被注滿時的啜泣的演奏。他不敢動彈，甚至不敢自由的呼吸，直至曲終幕落，那隻手悄悄移去。

散場後他到了一家咖啡座飲杯熱咖啡，他詢問今晚這個室內樂團，從何地來，將往何地去。他回到旅舍解衣躺在床上，但無論如何不能睡去，於是他起床整理行李，趕到車站，買了一張票乘夜車離開。

四

在那處長著芒草的山坡上，他站在較高的位置，望著低下數步的地方，他垂低眼簾似在沉思，當他移動眼球對望她時，他衝動般地往下走著，她迴避退縮一步，讓他一直往下走去。長著很高而鬆軟的草掩沒到他背部，他停下來站著不再往下走了。他就這樣地站著，希望她對他喚著，希望他上來。她只是想對他說她是否可以離去。她其實不必去徵求他，她想要這樣說只是因為心裡作祟。他上來了，知道這只

是一場最終會是白費的舉動，他應該想到要莊重，但他卻始終很輕率而憂鬱，他抬眼仰望她，他看到在藍衣上方的是一個聖瑪利亞平凡的頭，他又如前般地衝動往上走，想去握著她的手，可是她已經轉身走開了。

這時對面的巨山突然傳來石頭滑落的激響，他坐在草地上，疑惑地望著那些卑窄山石的干擾。現在是不在乎了。他靜靜地承受著，他的呼吸非常的遲緩，彷彿真正的和平已經降臨給他，直到它們慚羞靜止。這時獵隊回來了，他的耳朵復聽到山溝的流水的聲音。巨山與他之間沒有實地可容。獵隊的人就在對面巨山的山徑上移動。人物和狗都非常細小，他仔細地望著，靜靜地凝聽著直到能聽到他們的語聲。

五

雅基站在廊下，引誘著別人的眼睛。她抱著灰色大衣，穿著褐色的粗條絨褲、黃色的毛線衣，頭髮梳向後面。清早十分寒冷，他要出發了，已經坐在車廂裡面，他靠近窗邊望外，與她聊談。昨夜，他們已經談了許多了，也一同吃晚飯，早餐又同在一起吃，花掉了許多時間。話一直說不完，輕輕地交換著從眼睛裡互相流傳著更真的感情。車子遲遲不開，她仍然站在廊下，雙腳有時移動了一下位置，然後又看他一眼。他從窗口對她說：雅基回家去吧，她說，我一定要看一看車子在崖角處轉彎消失。他會因一時情緒的湧動而沉默片刻，把眼睛從她的臉上移到他處。他似乎不再天真了，車子也許永遠不開了。那麼我們再一同回家，她說，把眼睛從她的臉上移到他處。他似乎不再天真了，

他似乎受到了傷害了。只有她明瞭他內心的脆弱。他不能再受到打擊，她知道這一點她告訴他在旅途上閉眼睡覺。外面要比車廂裡寒氣重些，她披著大衣抵禦寒冷。他們不再說話了，盡讓艱難來圍迫著他們。司機這時出現了，口裡呼呼地呼出煙霧，並在廊下小攤的匣內撿了一個檳榔丟進口裡。司機坐在駕駛台位置裡，從背後可以看見他的腮骨在上下咬動，他拉開玻璃窗，伸出頭從口裡吐出紅色的唾液。他繼續咬嚼不停，臉孔熱紅了起來。司機開動了車子，轉了半圈，向山道駛去。車廂裡寥寥的乘客裂著笑容轉頭向後窗望著，他們的視線穿過玻璃窗注視廊下站著的雅基，因為她太巨大了。

那是什麼？奇怪的人們。他們在前面急行著。而他靜靜萎縮著手腳，埋著頭歇伏在位置裡。

司機不斷對他們按喇叭，他們就加快了些。山路狹小彎曲，他們如何能夠做到那樣。照著車廂裡的他。他們手腳迅速地扶起腳踏車，貼靠山壁，讓車子通過。突然他們倒下來了，從籠子裡伸出一個猴子的臉們，那是三個山區的獵人，把他們的行裝堆在腳踏車上，他們又坐在上面，後面掛著一隻大竹籠，鎖著一隻母猴和一隻小猴，鐵圈圍著牠們的頸脖。雅基啊，她的動人影像起作用了，他從窗口瞥望著他三個行動急速的骯髒獵人以及不幸被捉住的母子猴。

那清早站在廊下的巨大身軀留在腦裡太不容易消失了；正在這時，她浮現起來漸漸取代了那。

他看見湖了，從車窗俯覽，湖上昨日密佈的雲霧逐漸上升消散。它們集成一朵一朵飄上天空，然後隨風飛去。它們會到達台北、東京、和紐約。湖裡山影深褐，陽光從山溝射來，這自然像一台戲劇的大布景，有人掌燈，有人移動景幕。綿綿十里長的湖光山色，如此地美麗悅人。但是，如此地寬長的湖哦，雅基的影像逐漸地浮現掩蓋了你。她比你更美更巨大，

無論如何，你敵不過那感情的影子；她是他的整個世界，而一切應有的美德和自然美景都行將退讓。

六

是夜，他走出寓所，到屋後的電話亭打電話給她，他聽到彼端的鈴聲一直斷續地響著，並沒有人來接聽。當他通過守衛亭時，他不明其故為何亭子裡一片漆黑，他不知道守衛的保警是否在裡面。往常他每走過關口，必會向保警打招呼，人人都需要那樣做。那招呼是有幫助的，對他會有著信任的感覺。他繼續往前走，感覺在背後有人窺伺觀察他，他的腳步因此有些輕搖不穩。他沒有回頭去注意亭子到底在他走過後又成為怎麼樣，由於他的孤獨，他竟陷入於一種非常膽怯和過份思慮的不安境域。這種心境使他懷疑自己是否在進行著一樁犯罪的事。他經過一座跨著深谷的橋梁，走進了隧道。他讚嘆地勢真巧妙，敵人無論如何不能走下山谷，涉過油滑深濬的急流再攀岩而上，一切的戰鬥會中止在那谷底，而流水會平息了所有的一切。唯一的通道只有一條險要的柏油路，它既彎曲又帶著傾坡，最後還要通過隧道和橋梁。隧道可以堵塞，而橋梁也能炸毀。他想敵人是無計可施的。他走出隧道順著彎曲的柏油路上坡，這條坡道很長，他的呼吸漸漸地沉重起來。

不久他的視線能夠越過幾層的路坎，望到那精緻的屋子。她把燈光都熄滅了，使那一座屋子像一團重塊。屋外庭院種有龍柏樹和櫻花樹，層層護衛著，且在黑暗裡做成了氣氛，外

圍又有一道漆成白色的低矮木柵。這所屋宇的幽雅曾經首先引誘著他。他不知道她是否偽裝著故意躲藏在裡面熄滅了燈光。他在還未走近前便改變了方向，轉到一條大道去，沿大道又轉至比屋子更高的所在，然後俯望下來。他慢慢移步走下來，聚神注意那所屋子。他已經靠近了木柵，依然察覺不出裡面的動靜。他感覺到為自己的猜測所欺騙了。他撿起一顆細小的石子投往她的臥室窗戶。石子太細似乎還沒有到達便落了。他重又選撿了一顆粗粒的石子，再向窗戶拋去。它打到了，發出一聲清脆的短音。他等候著，一切都沒有反應。於是他繞屋行走，轉到他處去散步。

相同的步伐，相似的舉動，令他心胸充溢著一種侵蝕自己的情緒。他就要腐化了。他曾經這樣幻想著，除了肉軀的真實外，還有另一種真實；在哲理中，他盼望有一個永恆的真實來比照那短暫的真實。可是那太艱難，它們彷彿就要為他捕獲，卻依然一無所有，無所證明。它們只存在於迷幻中，沒有確切的實體。他在這種喪苦中，開始反對人們歌頌讚揚的事物；一切在世俗中被認為美的，他均認為醜惡無比。因為自私寓居在那讚譽的聲音背後，如王者之令和聖者之言，其內心無不沾沾自喜，自居高頂。世界誰是王，誰是聖，皆無比謬誤。

他徘徊整夜無以自遣，他敵視著他的歸路，那是一條他前來時的同一路徑。坡道、隧洞和橋梁，同樣地要他重走一遍。他的頭髮和肩臂沾著露水，頸背以及雙腳都已潮濕。他爬著柏油道上的山丘，像一隻自然的野獸，從隧道的頂上走過。那裡雜草和灌木叢生，他能俯視到昏渾的燈光照著那座橋梁，守衛的保警在亭外來回踱步，亭子裡燈火明亮，可以看見水沸的煙氣。他小心的移步，不使警衛察覺而開槍射擊。

他讓身體慢慢滑落到山谷，粗糙的砂石磨破了衣褲，擦傷他的皮膚。他忘掉了警衛此不遠，滾落的砂石招引著警衛走到橋頭察視，他貼伏在黑暗的坎溝，注意著站在橋頭燈下迷亂的警衛的行動。一刻鐘過去了，他移動身體，腳底踩踏的石頭又紛紛滾落，他的身體也隨著滑下。這一次的響聲再度把折回的警衛重新招回橋頭，他看到那自腰間拔出的槍枝，向山谷鳴放一彈，那顆具有聲影的子彈彷彿穿過了他的心胸，他在那一瞬間跌進了急流裡，讓水把他帶走。

他靜靜躺在一處淺灘，感到有些滑稽而不願翻身起來。他此刻像一位唱倦了歌曲在水邊自戲的小孩。他自由自在地仰臥著，眼睛盯牢著天空中晚升的月光。他在細思著那落水時像觸電的痙攣，以及被流水漂走的快適。他似乎曾經昏迷失去了知覺，的確，那急流會將他帶去撞擊石頭和岩壁，他已經留下了傷跡。他不能動顫地躺著，只能讓脆弱的思潮去遨遊而不致返回他疼痛的自身。他不明白自己又在何處，離開他落水村落有多遠。只要依照舊道便可順利回到寓所的這種單純的道理，卻因自身的反動而落魄不堪。為何我要如此自擇，他想。我的行為的意義能夠符合那所謂的永恆的運轉嗎？

是的，他的行為是只能暫且稱為一種象徵。不管怎樣，他需身受痛苦。自擇與天意是一致的。他是個真實的演員，配有神授的使命。現在他因為受不住寒冷而翻起身來，寒冷像新的折磨凌越了他原有的創痛。但此刻他感到寒意已經是侵蝕到他的全身了，他已經受到寒氣的傷害了。他站立時，頭腦像火燒著一團塞滿了雜亂的棉絮而異常的紊亂。

他感覺不適地離開河道，攀爬到山頂上有燈火的地方，他從一道石階上去，在一些屋子

圍有牆垣的巷道行走。他轉了一個彎，又從一道石階上去，經過一座土地廟，再沿一條小徑蹣跚地前進。他赤裸著雙腳（拖鞋已在落水後遺失了），頭髮以及全身衣服濕淋淋地貼覆著他。他走向一座木屋，然後推開門走進去，裡面燈火明亮，在角落裡正坐著她。她盛裝且凝神注目著他走進來，她的頭髮是一種新的式樣，臉孔也整修過而眼睛特別明亮，外衣是新裁製的，腳上且有乾淨的皮鞋。她讓他站定，雖然他的表情充滿著迷惑。但她還是鎮定地說：

「多冷的天氣，
我候你一整夜，
（他開始流淚，與髮水同下）
你去時注意到嗎？
屋前櫻樹開花了。」

七

在黑暗裡他不能看清她面部的表情以判斷她的內心的事實。從開始，他便懷疑她邀他來的誠意，放在他身旁茶几上準備給他飲用的一杯使他想到她似乎在做一種感情的回報，不是為了待客的一種禮貌。她大概是為那曾經有過一次的贈物的事這樣做罷。實在不太明白，也許，她想從記憶以及心底裡排除他。在黑夜裡男女的相會不是為愛情，是為忘懷和保持住自我。她現在在他眼中只能算是一團凝聚著的黑霧般的東西。由於她的緘默更加使他相信她已

退回到自我而在現實中消失了。當他伸出手臂越過茶几到達那一端去摸索她的身體時，他感覺那是像一塊死亡而冰冷的東西般拒斥他，她完全沒有溫暖和顫動的表現。先時，她曾對他勸告，不要使一切事物變成一種固定、僵直而有意表，讓它們保持那混沌的狀況。她勸他不要回家，如有這行動不啻是一種愚頑，讓那懸念成為他生活的特徵，像一般人遙想基督的天國。

他靜靜想著：在過去，他每一次回到家時，那些小孩們便圍攏著他，目睹他那古怪的病容。他缺乏營養，只有三尺高，雙腿細瘦而肚子腫大，臉面浮腫且眼睛細小。那些家鄉的人對他極好，給他美好的食物，但是他只停留幾小時便走了。他記得小時在那裡長大，但是誰是他的父母呢？他們也許不住在那裡了，但他們的姓名呢？許多人議論著，但沒有人能確切說出。他在那一間屋子出生的？現在也找不到踪跡。當圍繞著他的人盤問他日日生活的情形時，他說話的聲響低沉使之顯得含糊。他整年隨著火車到處漂流，每年記得要回到這個鄉村一趟。那些乘火車而碰巧遇到他的人，都用一種非常好奇而同情的眼光看他，那些人有時因他的模樣和動作的緣故會爆發出笑聲，分些點心和水果給他。他這樣想著：事情彷彿不曾單獨發生在他身上，他看來只是他們內心裡久懷的一種共知的畸型，這個土地上因長久的束縛所形成的典型。因為他身上的一切都那麼令他們發生興趣，並且也令他們只有即興的奮發，而不會有美好的遠景。為什麼他們之中不會有人激發起莫大的憐憫而殺掉他，或把他認為是一種莫大的恥辱而毀滅他呢？

對於她的每一種情緒的劇變，在他看起來，在這黑夜的屋裡，只是那一團黑影的形狀在

變化而已。但是聲音是清晰的，當她開始有話可說時。她請他談一談她不知道的事情。他開始對她談起一件父子誤會的事。這個故事裡說著一位希望兒子步他的後塵進大學攻讀電機的父親，因為兒子的本身對電機竟遭到他的驅逐。

遽然，他感到逗留在她的屋子裡似有一生般的長遠了，對她說起那個典型的故事現在覺得口裡味淡，心理疲乏，他端起茶几上的杯子飲了一口，覺得那液體的冰冷。

「為什麼你能夠，」她說。

他對她是否能看清他感到疑問。他是帶著莫大的冒險的興趣進來的，今夜她的邀約是因為氣候不良，他自扮著一位探索者的角色，但一切似乎一無所得。他耗費了時間和精神在一場無結果的冷戰上。

「畢竟你不能夠，你不會改變他們，而他們卻會改變你。」

「你的勸告自始至終是一式的。」

「你要瞭解一項事實，驚異是生活的動力。」

「但我不能，我太懦弱。」他嘶叫了起來。

「你有時卻反而勇氣百倍。」

「那是懦弱，請勿誤解。」他恐懼地說著。

但她把她的身體移行過來，靠著他那顫抖的手臂。她多麼強壯，同時，他聞到自她的口裡吐出的騰熱的氣流，和那具巨重的滾熱的身軀。這一切都是他來時切望而此刻想極力禁忌的事。

「你不會有希望，只能留在此地。」

她的語聲有如惡天裡的雷電聲響。

「不要去當一生的小丑。」她露齒而說。

他快要昏倒過去了。他想到她如儀的報答，有如對他宣佈絕望。熱情已過，對他如何能再忍受襲來的熱情呢？此刻的撤退是他保全生命的契機。他昏暈而癱軟在她的膝下，自她的膝間溜出她的掌握。

八

數隻火雞在那裡抖動，多羽毛的身體轉來轉去，牠們正被停在頭頂紅冠上的蒼蠅羣激怒著。他向那些火雞呼叫，使牠們伸頸咯啼起來。然後他便靜下來望著身旁的女人；她在飲汽水，他們坐在草地上休息。她在仰著頭飲汽水時，他便轉過去看她那粗壯的頸和豐滿的下顎。她啜了一口便迅速地放下瓶子。她有點埋怨汽水味道太辣。他又靜靜地望著前面青綠的山坡。他看到三個年幼的小孩斜斜地走上山坡，二個男的和一個女的，三個人手牽著手；年紀最大的男孩拉著那個女孩，又拉著年紀最小的男孩。他們頻頻轉過頭來看他和她一眼，他們三個人的眼睛都非常巨大又非常光亮。然後他對她說了些話，兩個人都站起來，把空的汽水瓶留在那裡走下山坡。

「你有沒有想到紀律和評量的標準。我認識一些形式主義者，在學校裡擔當訓導人員。

他們唯一一想到要使學生們馴服，總是出此下策。在人數眾多的城市，當可看出他們實在沒有良好的辦法，他們做到的只是外表光整，把石頭油漆成一種顏色。他們每天都在談品德的問題，在報章上頒布方向，他們稱這樣就會使品德好起來。當他們正色地談及品德的事時，他們是在那裡做表演。弒師的行為正好拿來證明思想和生活教育的失敗，管束多於知識的傳授的結果。亞歷斯多德不會因其傳授學問而遭弒。高深的知識是最美的德行，其不必宣傳和號召，不必強迫和拖拉，其光芒自能引人向上。真知識的追求是一生不輟的事，可是，你看他們做的是緊張且短暫的競爭，是科舉制度的擴張和延續的現象。並且，他們在那裡實行廣招徒眾的政策，凡是不憑實力而想獲得溫飽的人都踴躍參加，當他們結成了團體便開始批評和排斥心靈自由的人。你知道，完美的人，有責任感的人，絕非他們中選出的人。這世界最糟的事是：當有自由便將自由當藉口，當有民主便將民主當藉口。你有沒有注意到，孤獨者與他們對比了起來了，世界便成這個樣子，而結羣成眾實在只是想做壞事。他們對你談團結而那是一種暫時的真摯，一種利用，有一天他們獲得了目的，所獲更多更廣時，他們便會趕你走，或者他們的情況愈下時，也同樣會先殺死你，其實無論怎樣，前進和後退都是死路一條的時候，我們便什麼也不計較了，因為我們的生命並不長。我們在忍受中也有快樂，我們在窮困中也有樂趣，這種快樂和樂趣的滋味是他們所不知道的真實。當我們在遊戲，在讀書的時候，不要理會他們穿行於我們之間，或巡弋於走廊或躲在樹後，且立於窗外巡狩記錄。人類皆同等自由和平等。除了神的信念，人不應自設信仰，發動戰爭。每一個人來自神處的使命都不相同，就像我們的面目和身體，每一個人能擁其自我的特色的權力。但是，你知道，

他們聚在一起共謀惡戲，他們想脅迫我們去參加，供他利用，為他們犧牲。我們活著是為維護個性的尊嚴，我們脫離野蠻進入文明，是靠自發的精神和奮鬥的生命力，我們能自判善惡，我們在心靈的適放中追求真理不輟。有些人由良轉惡是一種求知的不良反應。讓我們一師教一徒，不要整批烙印後去出售。人知道，『愛』是一種『害』，他們把愛掛在口上，把愛拿來抵擋一切過錯的口實。他們說話的聲音和我們相同，但意思卻相異；他們用文字形狀和我們的一樣，但意義卻相異。他們在人生的旅途上，看到的只是絕望，於是便放肆起來整個投在一種賭注上，侵犯了過來。你可以看到，治國者總是以尊脅卑，世界即是因此失掉平衡的。」

他們走在一條輪跡深轍的道路，當他低頭沉思，她總以為他是為注視她穿的紅裙，因此腳步便放慢下來。道路兩旁的景色使他想到在歲月中失掉的馬車。他感覺好像有人在背後窺視，他轉回頭只看到那三個小孩站在山坡上靜靜地俯視著他們。他微笑起來。並且一面想到背後是那三個小孩時，便又一面地微笑起來。她又在埋怨雨後的道路難行。他有時握著她的手一會兒，當他放開時，她便對他疑問起來。她轉過來的頭，總是使他對她那粗壯的頸子和豐碩的下顎產生一種遐想。她是他心中的瑪利亞，健康又純潔。在她所有自我嫌惡之處，都能使他產生滿足。

九

在很久以前，我小時候的一隻小貓，給我們的祖父了，在那天早晨，他們把牠帶到山上

他冒了很大的危險至此竟一無所獲。他走到屋子的另一處，去靠近窗戶，從潔亮透明的玻璃望著外面。他並不能望得太遠，沒有光明的地方總是一片漆黑，難以測斷，但他看到了山且斷定那是山頂的一盞燈光，因為它的閃耀才注意到。有人在打燈語，像是傳訊給他。他問她，那山上是否有人，她回說不清楚。他轉身走開，避去預謀者的嫌疑。他這時看到了客廳延出去的另一小室裡，好多天以前他帶進來的螢火蟲依舊還在室內，它的綠芒的光也在靠近落地窗的玻璃游走著。瑪利亞，妳這悍婦。他如此感觸地思想著。即使他向她赤裸地描述著人間的悲戀，她也總以為這世界多了一個傻瓜，她便添加一份的愉悅。他重新坐下來請求她回答是否接受他對她的道歉，他已經在一番的努力後承認了失敗，因為他懦弱的舉措使得一個稀罕的場面顯得無趣。這原是一間燈光通明的會所，因為他的請求，她預先把燈光全部熄滅。在這間會所的大客廳裡有十四張沙發座椅，適當地分佈在各角落，其他家具無不齊備，可是現在連那朵窗邊的插花也喪失了色彩，一切舉目所見的只能呈現著黑白不一的層次

而已。他不是不明白，在此環境裡難望產生真摯的感情，本是非常和平的交誼也因為黑暗而急遽地變化了起來。這種尷尬的結果只有他來承當了。但是她並不嘮叨，她幾乎完全保持緘默坐在角落裡。自始至終他還未睹見她今夜的真面貌。他因此感到十分的罪孽，彷彿綁縛她陪他度著這無聊的時刻，他那洶湧的心所設計期望的，至此他感到了莫大的無恥。他請求她回答是否接受他的道歉，她並沒有回答。

「我不會再到此地來了，」他說。

凡是聲音消失了，就是一片沉寂。這座黑室竟是如此地沉悶。他有足夠的時間來反喫所有說出的話語。他要不要再輕輕地說故事？這屋子彷彿僅剩他獨自一人在活動。他試著再發一個問題去問她：

「喜不喜歡我再來此地？」

「不。」

現在他終於使自己走到了絕路之境了，這是他膽大設想的回報。他把頭枕到牆壁喘息著而一切悲從心中來。這時她起立打開一扇門出去了。她不在，他應該乘此機會去解手。但是他沒有這樣做，當一切都喪失且透露低卑之際，應設法尋求重建的機會，不可再顯露嘲弄的丑態。她瞬間即回，他只改換一下坐姿。他無意對她表示他人格的崇高，但他應對她表示今後行為的決心。

「我不會再到此地來了。」

至此一切才算終結。

他走出屋子，沒有再回頭，他一點也看不到她站到窗邊來的影子。他把衣領翻起來，山間的寒霧使他想到她原是患著感冒躺在床上的，他曾見過他一手就弄糟了呢？假如他不老想著那個不滅的念頭，他原是一個好好的人，受她敬愛。現在一切像是倒反過來了。他經過一座山洞，然後又走上一座陡坡才到寓所。他解開衣服躺在床上，閉著眼睛，一切又重新開始了。

他和她坐在黑漆的客廳裡，並排靠著一面板壁，中間隔著一張茶几。他面望著面前的落地窗，看到臨近的院子裡的那些直立的龍柏樹，再遠便看不到了。他幾乎是膽怯般地躲在幽暗的角落，又把身旁的窗簾再推遠些，使自己整個裹在黑暗中而不被外界察見。她卻鎮定地坐著，穿著長褲，上身包裹著一件外套。他看不清她整個的臉，只能看到側邊的剪影，他能看到她的睫毛在動，卻看不見眼珠。這是老年的氣氛卻在今天降下給年輕的人們。

十

他們來了，下車後像數尊蠟像被擁進大門。她在他們的一羣裡面，她是他們中的一個，像妖怪似地走在新娘的旁邊，挽著那位泣不成聲的醜女人。每個人的感覺都像受到了愚弄一樣地驚訝，誰都不相信她就是平時和他們在早晨打招呼且互相懷著樂觀的心情度著既接近卻隔膜的生活。這時凡坐在禮堂中等候的人，他們的眼睛裡完全顯露他們愛慕的表情而瞪大著和放出利亮的光芒。只有他以為她是個假人而低低地沉默著。對他來說，她想以惡作劇傷害

他的心靈，使他在眾多的人中顯出他那卑小自私而憂傷的心性。

因為她同樣地也想在這世界爭取一點憂傷的權利，這純潔的女人，使她單獨面對他時不會顯得如此乏味。她或許以這樣的表現來分心眾人平時對他的注意，她知道當他們的慾念在一個特定的時刻集中起來時，是那樣的浩大卻又那樣的空洞。這狡獪的女人呀，她沒有想到受到嚴酷打擊的是只有他一個呀，而那永遠達不到目的的他們是一點也沒有損失呢。

因為只要有一刻，他感覺她不是將注意力關注到他的身上，是目中無他的存在，像這一刻，他們六個人，二男二女一個童男一個童女，從眾人分開的路緩緩地走向禮壇，他便像受到了侮辱。這種侮辱當他怯怯地投注一個人時，就像從那個人對他發射出來；當他掃視全場時他感覺他的四周已充滿了這種排斥的氣氛。

讓她去罷，甚至也讓神聖自他常存的心中剔除。他必須在此等候下去？還是英雄般地走到她的面前，使這禮儀產生了意外？他唯一的選擇，就像往常一樣靜靜地退出，當他們的注意力顯得混淆而昏亂的時候。

顯然極權統治者似乎都深刻地不喜歡比較抽象的思想形式。有人說，相對論是閃族對於基督教和諾底人的物理學基礎之攻擊；或者又說，相對論與辯證唯物論和馬克斯的獨斷教條衝突。許多人甚至把真理底意義全然忘記。

，失掉獨自研究的能力，也不信理智的力量。於是在知識底每一部門中，如有意見上的參差，都變成政治上的爭端。因此，這類爭端之解決，不靠科學研究，悉賴官方底權威。在極權國家，最令人觸目驚心之事，無過於輕蔑知識的自由。知識份子，只要懷抱集體主義的信仰都是如此，凡想作知識份子的首領者，也常如此。

他以絕然的態度走著，他離開那裡一步一步朝自己的寓所回去。回到家裡，在途中被狗咬傷的腿滴著血。他倒在床上思索著，現在他將如何？他又從屋子裡顛簸出來，整個村落零落得像經過了一場洗劫，他們都集中在那禮堂中，無論大人和小孩都在那裡。無論喜樂或悲哀都一起步驟一起行動。他希望著有一個最終最巨大的打擊來毀滅他，他必須再繼續尋找，甚至在必要時自己設計一個情況，使自己直線沉落下去。他推開電話亭的門，肩臂抵著一面壁，他開始撥號碼，他馬上聽到她沉靜而怨恨的聲音。

「我必須回來守在電話旁邊等候你，我知道危機來了，但你有時也必須來瞭解我。現在像往常在我身邊一樣，給我說點什麼，給我一點啟示。你知道我討厭我上的那層厚厚的粉彩，假睫毛，和鬆大的頭髮，以及這件堅硬透明的衣服……」

「是的。」他打斷她說。「我要告訴妳，有一天，我的哥哥和我到山上，在一棵樹上採金狗毛，妳知道，那是金黃色細柔的東西，在那時，我們認為它放在傷口上可以止血……。」

眼

端午節那天中午，我從家裡的廚房跑出來。我永遠切記無論行走到那裡，要離開家的時候都必須避免走大圳溝那條巷。這一條巷是到街上任何一處的捷徑，小孩子是禁止行走的，我當然嚴守這條戒律因為我天生十分膽怯。我甚至連站在溝邊的膽量都沒有。這條圳溝是我所見最美的所在，它巨大光滑，經常有很大的水勢流走著，在那急湍的水流裡各色各樣的東西都有。有時它在某一段落被堆積的東西阻塞著，像水壩一樣形成一個大湖。那水發出黑黝黝的光澤，浮出死去的小雞半個黃色的身體。牠的腳朝上頭部朝下，好像牠在跟誰做遊戲。那些在溝裡流走和浮沉的東西樣樣吸引著我使我產生害怕。要是我跌進溝裡我便會像一隻死貓或像一片被漂下的葉子我沒有從此端跳到彼端的勇氣，是否我有這種能力但我不敢嘗試。那些在溝裡流走和浮沉的東西樣樣吸引著我使我產生害怕。要是我跌進溝裡我便會像一隻死貓或像一片被漂下的葉子一樣為水帶走。我單獨緊緊地靠著一堵高牆行走，眼睛注意地瞟著那條大溝。這條巷無論在何時陽光總射不進來，兩旁的高牆所投下的暗影使巷裡呈現一片陰涼。人們喜歡在這一條巷

行走是因為它的涼快。大人不會掉進溝裡是因為他們的漠視，而小孩子的害怕顯然是來自大人恐嚇的灌輸。當我第一步轉進巷裡時，我懷著驚恐萬狀的心情。今天在溝裡的漂流物非常的繁富。魚鰓連著紫紅色的肚腸，次及從高牆下暗溝流出來的白米飯。一粒粒的白米飯流經溝邊黑色的綠苔，然後沉進帶著青光的黑水裡，像生命的流走一樣美麗動人。我駐足片刻便又前行。我的恐懼漸漸消失了，我曾經在某一次被灌入了這種危險的恐嚇至現在又由我的心中退散開去，我帶著新鮮的記憶，踏上另一條大街的廊道，我開始奔跑，我相信我不會再臨近那條大溝，由於它的嚴肅的容貌雖然我不再害怕可是我永遠不願。人們漠視它的存在，在它的邊緣行走感覺無所謂，這是無知地加深他們生活的陰暗。所有各類各色的情感中他們只有選擇「掩飾」一途。那天中午我懷著興奮的心情奔跑著。我身負一項使命要去通知天賜，我已忘記我是否知道路途，或我曾經被攜帶著到過那裡，或者我也忘記了我是否已經在出發前問過了我的母親確實的地點。我的熱忱的視網開向所有我未知的所在，我憑著天生的勇氣奔向我的前程，我終於到達那所辦公的大屋子，我從大門走進去，直奔內室的一間大廳，天賜站在一張大桌的後面與幾個人談話。至此我的熱忱才暫時被那場面阻止。

絲瓜布

他在床上醒來，聽到她拉開庭院大門的聲音，似乎要購買什麼東西。他的聽覺無法遠達對街再繼續聽清楚以後的事。早晨的陽光被擋拒在窗簾外面，臥室裡顯得很幽暗。她由對街回來時他還留在床上。她走進臥室，在一座巨大的衣櫃前脫掉了晨衣，在幽暗中白皙的背發出蠟一般的光澤。他靜靜地側臥著望向那個搖動的美麗身子。她換上一件連裙的綠色洋裝，用手掠梳著輕柔的長髮，她的動作快速，可是很自然。美麗勝於一切，他想著美麗決定一切。所以她的舉動幾乎沒有瑕疵。她以為他還在睡夢中，盡量不發出聲音驚醒他。她一面拉著衣上的拉鍊一面走出臥室，之後再度拉動庭院的門上街去了。

他起床走到客室來，一眼瞥見昨晚鋪在地面上的一條厚氈子。他站著不動，對它靜凝片刻。昨天黃昏後，天氣變得十分悶熱，他們沒有計劃外出，所以鋪了一張氈子躺在那上面到夜半天氣轉涼他們才走進臥室去睡覺，把氈子留在那裡。沒想到她起床後還未將它摺收起

來，她總是較他早起料理一些家事，一天之中要應用的東西她都是在這段時間購備齊全。她的行動又快又俐落，與她沉靜的外表有些不相稱。他卻十分信賴她，一家的經濟任由她支配，不論什麼事，經過她的手，都處理得非常適宜，每月支出幾乎從未超過預算。現在他蹲下把甑子摺疊起來，他心想，她會感謝我的。他隨即將甑子送進櫃櫥裡去。

不久，他再回到客廳來看報，他抬頭眼睛透過玻璃窗看見庭院牆外，一個女性暴怒者的憂懼的頭部，從牆的一端緩慢地移到大門上，他看得清楚那是一個留著短髮臉面黝黑的醜陋村婦。那個村婦的短鼻被太陽曬紅了，沒有自信而害怕的眼睛向屋裡面探望。他放下報紙，好奇地走出去問她有什麼事，不料她驚慌又氣憤地說：

那個語塞的村婦舉起她的一隻手臂，在他的面前揮動著一條曬乾的絲瓜。他馬上想到這種用於擦拭餐具的乾絲瓜給他的女人。那個村婦向後指著對街一個在門口旁邊坐著的女人，再對他說：

「她和她合買了三條，共給了六元，三條是七元，還要一塊錢。」

「我的女人買了幾條？」

「三條。」

「到底什麼事？」

「還要一塊錢，」

「什麼一塊錢？」

「一塊錢，」

「給妳幾塊錢？」

「四元，還要一塊錢。」

「妳稍等著。」

他走進屋子到廚房去索尋她買的二條絲瓜布。他不習慣這種糾紛，他有點惱怒，想把絲瓜退還給那個村婦。他想這不公平，對街那個女人買一條二元，他的女人買二條四元是理所當然，為何還要多索一塊錢。但他轉來轉卻始終找不到那二條絲瓜。

他又回到庭院去面對那個村婦，他看見那個村婦斜側而靜思的臉，像意會到一個遠古而又深沉的事實，於是他在猛然間改變了主意。他的雙手伸進衣袋裡，他想他必須給她一塊錢，不管公平不公平。那個村婦抬起那張憂戚的臉望著他，他把視線轉開去瞥望那個對街一直靜靜地注意著這邊的女人。

「好的，」他把手從袋裡伸出來，空空地沒有摸索到錢幣，他微笑地對那個村婦說：「我身上沒有零錢，妳等一會再轉回來，我的女人回來後，我一定給妳。」

那個村婦沒有再說什麼轉身走開了。他帶著思索回到客室，坐下來準備等候他的女人回來。他想到三條賣七元事實也不是不可能。是的，那三條絲瓜布不是個別賣出的。當他的女人奔過街去看的時候，那個村婦原先一條可能要賣三塊錢，於是她和那位對街的女人聯合起來出價三條七元。那個村婦答應了之後，對街那個女人卻只要一條，馬上給那個村婦二塊錢。她看到對街的女人拿去一條只給那村婦二元，剩下的二條她也照樣給那村婦四元。那個反應不敏的村婦得到錢即走開，在路上才覺得少拿了一塊錢。當那個村婦折回來到對街那個

女人的門口向她要一塊錢時，對街那個女人指導那個村婦應該過來向他的女人討那一塊錢。

庭院傳來推門的聲音，他知道他的女人回來了。她果然走進來。她看見他坐在茶几的旁邊椅子上，她知道氈子是他起床後收起來的。

他們互相交換著會意的微笑。

「現在。」他對她說；「給我一塊。」

「你不是有自己的錢嗎？」

她疑問的看著他。

「我沒有零錢。」

「你要一塊錢做什麼用？」

「那個賣絲瓜布的女人回來時我要給她。」

「她來過？」

「是的，她說三條七塊錢。」

「她說三條是七元。」

「一條二塊錢，我買了二條給她四塊錢，並沒有少給。」她理直氣壯地說。

「撒謊，不能給她錢。」

「我已經答應給她。」

「你簡直受她的騙，她似乎有點精神病。」

「妳不能這樣指罵她。」

「妳可以過去問對街那個女人。」

「你知道我不會這樣做。」

「那麼她來時不能再給她錢了。」

「妳聽我說。」他站起來，像要發表一篇重要的演說。「我希望妳瞭解一點事實，看在我的面上，我並不想追究到底三條是六塊錢或七塊錢；我說過我答應給她。」

「我不瞭解。」她快速地回答他：「而且別人將要怎樣說——。」

「別人滾他們的蛋。」他有點生氣地叫著。

「無論如何不能，如你給她有失我的面子。」

他像確握到證據似地奔到她的面前，在她來不及躲開的時候打了她一面耳光。

「為什麼妳們要聯合起來剝削她?!」

他大聲地說著。

她掩著臉走進臥室，他在客廳可以清楚地聽到她在那裡面倒在床上哭泣的聲音。他從她放在椅子上的皮包掏出一個一元的鎳幣，把它壓在桌面上。他重新坐下來等候那個村婦，這時他才發現到那二條絲瓜布置放在架子上，已經剝削了硬皮，像二個絲枕並排在那上面。他移開眼睛去望庭院的那堵牆，牆外天空晴朗，但那個村婦始終沒有再回來。

流徙

當他們步出屋子，經過了花園的徑道，他體會到氣候即將瞬變的徵兆。這時有一種美好的氣息，沒有風，樹木像塑像般靜靜排列著；山色清麗，染著黃昏的喜悅。

「太美麗了！」

她站在他的身邊說。他望著她愉悅的臉色，對她報以輕微的笑容。

她再望望天空，她和他在這自然的陶冶中顯得十分融洽。可是對她來說，有時她會不能夠面對理想，她不能自由地選擇她的愛欲。

她說老董可能窺見他們的祕密。

他對她說，他不想去顧慮什麼。

他想撲捉任何可能面臨的美景，因此在任何時刻，他顯得十分倔強和憂鬱。

「我們必須途經那裡，他可能站在門前看到我們走過。」

「那時天已黑，他看不到什麼。」

「他的眼光銳利，他認得清我們。」

「我們的運氣會那樣壞使他瞧見我們？」

「不可能中也有可能。」

「這樣想只是愚蠢的緣故。」

他們沉默地走著，觀望著他們所能見到的事物。

黃昏的雲彩凝滯成一條平直的山巒的模樣，陽光從破綻的空洞照射出來。一條鄉間的大道鋪設在田畝之間，另一條乾涸的河在附近暴露著它多石而淺凸的河床。

他的思緒轉到她曾告訴他的那些高價的產業。她說她想將它們拿來幫助別人。他想到假如能擁有它們，他將會利用它們完成許多心願的事業。在最初之時，他沒有想到會有這意外的財富，他只看到和她在一起的和諧和快樂。他只戀慕寧靜的生活，也同樣依戀著窮困。為什麼她不能看出他那種獨特的愛好，而將毫無相關的事物提出來？她是否設有計謀，試探著他的反應，對他的人格考量一番？她對他那種忠誠的心志懷疑嗎？財富的誘惑的本色橫在他們之間，是否將成為他們的一切願望的障礙？這種事是極可能的。他想聖潔可能已經受到了干擾，而還未確實察覺。連他自己都在懷疑他對她的情愫是否也是偽詐不實的。但他再度想到她那充滿善意的臉孔，她並不以擁有財富自豪，她只自豪她自己的才能，她想幫助別人，當她和一個高尚的男人在一起的時候，她會這樣做。

現在他們都注意到了逐漸在轉變的西天的雲霞。

她希望他告訴她有關眼前的這一切的事物，她喜歡他說話的聲調。

但是說不出什麼意味來，他顯得不專心他的主題，他只說到雲霞的色調。

他想微妙而又精緻的事物只配靜靜去觀察而不能說盡；雲霞是在變幻，而語言卻拙笨。

當老董騎著他那部經常不離身的紅色腳踏車，迎面衝過來之際，他正在與她相視微笑。

老董面目詫異的神色望著他們，快速地擦身過去。這個事實使她瞠目瞪著他。

她的腳步漸漸加快，好像要把一個不聽話的小孩拋在後面的村婦。

「這是不可能的。」

他靠近她的身旁捉住她的手，只能呆呆板板地讓他握住。

這時老董又從他們身後飛快地衝到他們的面前，他們默默地望著他挺直的背影，像一個惡意的惡魔在天色黑漆之中得意地衝下坡道，在一處轉彎的地方消失。

他和她都不能再說什麼，默默地攜手前行。

現在他們需在黑夜中漫遊，像猶太人在歷史的黑潮裡走失了目標，流徙在地南的各處，老大而愚盲的睡獅不會醒來了，在現在即使潑著一盆冷水也不會再甦醒。它在那裡，看不出是否死亡。從遠處看它的形影依然存在，但是它事實上已經腐敗了。它的子子孫孫將開始分散在各處，而且像懦夫一樣常常談論著過去的光榮歷史，會這樣地度著一段頗長的歲月。對他來說，他常覺悲戚，在這黑漆的夜裡，混在一羣絕望的樂觀的人們之中。

他們繼續前行，走過一座短橋，他想，他寧可放棄所有暫可滿足的形式，自由地獨來獨往。

使徒

晚飯後他們帶著草蓆鋪在橋上，把草蓆鋪在橋板上。他們睡在上面，有的坐著，男女在一起說話。我睡坐他們的旁邊，視線朝著天空，他們在談星辰，星的名字以及星的故事。我注意在無數的星中，去尋找他們談的星。他們會指出星的位置，而且一有發現便告訴大家。我細心地記住他們說出的話及指出的星。

一

他乘坐汽車進入市區的街道時，他從座位旁的玻璃窗尋找一所中學的校址。他看到在一條街後面學校正面高高的一面牆壁和嵌在上面的校名。他在車站下車步行到那裡。他走進校門便覺得天空正在下著細小的雨絲。他沿走廊走著，步上樓梯，經過辦公室，一位校工從裡

面跑出來問他想造訪誰，他告訴他Ａ的名字。那位校工回答他現在正在上課，請他到辦公室來等候，辦公室有當日的報紙可使他度過等候的時刻。他拒絕走進辦公室，校工便再暗示他不要去干擾正在上課的教師和學生當他在走廊踱步時，他明白地對校工保證他將只在樓梯一帶的空間望望風景，絕不會引起學生的好奇。

他步下樓梯，在告示牌前站立，注視貼在牌板上太空人和月球表面的照片。在照片上的色彩引起他的疑問，那些與他常見的照片的色彩不同的色彩充分說明了它們本身存在的神祕現象。他站在那裡時間像是過了許久，一直沒有聽見鈴聲的響動。他被那些照片吸引了，忘掉了他是來訪尋一位友人，而那緩慢拖步的時光因他的知覺的轉移誤解了。於是他破壞了他對那位校工的諾言，開始沿一條走廊走去。他不但沒有看到Ａ，卻看見一張對他投過來，彷彿祈望被他識出的扁平而無知的面孔。他走到走廊的盡頭突然驚奇到籃球場上一位坐在水泥地面的教師，他看到他彎曲的背部和頭上修齊的短髮的特徵。他小心翼翼地朝向那位監督一羣學生在球場上打球的教師走去。他的腳步軟軟地，那些打球的學生彷彿和他串通而故意加增他們運動的聲響。他站在那位體育教師的背後，從他的雙邊耳旁伸出他的手掩住了他的眼睛。當他把他的眼睛蓋住，那位教師開始自動地連續不斷說出一個一個的人名來，他恐慌地僵住了，始終沒有回答他是否對與不對。

「你到底是誰?!」

那位難受的教師宏大的聲音帶著忿怒叫喊著。他把手拿開，顫抖地祈望那位迅捷轉過身來的教師能對他施以等量的懲罰，他道出Ａ的名字，並且對他道歉。他轉身回來，當他朝望

那一排分隔成一間一間教室的大樓時，他看到在走廊上流動的學生之中，一個矮小穿藍毛衣的男人倚在二樓柵牆裂嘴對他揮手。那就是A，他加快腳步走向大樓。

二

他推開門，意外地發現B擁被睡在沙發椅子上。他不由自主地從內心中湧出對他的無上同情。今早他特地前來求助於他，此刻刺引他懷疑B是否能付出他想像中的一種許諾。他靜靜地坐在另一張沙發上，B沉睡的氣息佈滿這間彷彿毫無色彩感覺的斗室。他輕輕地呼叫他幾聲。B並沒有醒來。

然後他走到書桌上散亂著紙簿鉛筆電話名錄和成冊的書本前。那個靠著一面牆壁書架上的書既擁擠又無次序地堆塞著，低層放著咖啡精，一瓶酒和一個紙箱做的貓巢。書架對面掛著綠色的窗簾，排著四張合併的寬面沙發，B睡在那上面。在一面牆上有一面鏡和一個衣櫃。另一面灰色牆上掛著兩面小旗子，那是童子軍的紀念品。他把照像機放回架上，回到椅子坐下。

B的女人由隔鄰的臥室走進來，她矮小又醜瘦，臉上帶著近視眼鏡。她天生不高興的容貌看到他即綻放笑容。她沒有退回去，毫無隱飾地走進來又進入一間相連的盥洗室。當她由盥洗出來即走近沉睡中的B，喚著他的親切的小名，拍拍他的臉頰像要叫醒一個小孩似的。

「你看看是誰來了，」她對她的男人說。

B睜開眼來看他。B坐起來。B解釋著。

B醒來即開始對他解釋著他的生活的道理，他每天都晚睡，他說他最喜愛的是睡在這張沙發上面。他的身體很健康，他長得漂亮。他看起來並沒有不快樂。一個修理紗窗的工人來了。B打電話叫人拿鑰匙進來。他同時翻找他的備忘錄，打電話給銀行詢問今天有多少張放進的支票。他轉過來對他說：

「我歡迎你到我這裡來。」

那個矮小的女人過來說她要去上班。一個鐘頭後她回來，她開始準備午餐招待他。B打電話給另一個人，他聽到B在電話中呼叫C的名字，要他準備過來吃午飯。

他一面翻閱一本雜誌一面靜靜地候等著機會。今天他曾約定D十二點在車站見面，但他已答應留下來喫午飯。一切像命定的當C來時，三個人即開始談話。他毫無生氣以致讓他們進行暢談商場的道德。他正眼端詳B的美麗的容貌的時候，他發現B像一個貓頭鷹般的眼睛似乎在白晝毫無所視。

三個男人一個女人圍在方桌吃午飯。桌上擺著一盤咖哩燒雞，一盤冷拌，一盤牛肉片，一盤炒蛋。他無動於衷地吃著，其他三個人吃得奇少。他們無緣無故說到一遙遠的地方的一種特產，頓時感覺生活在這唯一的城市裡的可恨和麻木。他們退回到那間斗室去，B的女人奉上來切片的西瓜。然後又繼續談論著。他漸漸感到毫無希望便只得繼續傾聽下去。

三

他跳上一列火車，扶在座位的手把上疲累地睡著。昨夜他睡在一間可怕的屋子裡喪失了睡眠。他一面睡著一面感覺到火車在鐵軌上緩慢地滑拖著。火車開向那裡？每當火車在月邊停下來，他便抬起頭從窗戶看出外面尋找站牌。牌上空有一片，像是剛剛新漆過而陽光投在上面閃亮著。他步下火車，又跳上一部汽車。然後在途中的一個村落下車。他心中為每一站想出一個地名來。他走近站在門邊發現那是偽裝。於是他拉開門，走進去。他經過一排排長椅和簡陋的講壇，往裡面行走。E的女人在廚房裡像鹿一般抬起長頸上的頭看到他。他脫掉了鞋子繼續走上一座木梯。他在木梯上遇到一個頭很大的可愛女嬰。他站在一間淡雅的房間中觀望著，再步入一間色彩調和的臥室。細木條編成的書架和書映入他的眼簾，靠牆有一張黃色的雙人床。牆上有一個小窗，壁上有一張女星的月曆。這臥室佈滿優美恬淡的氣氛。E從一張小桌前站起來舉杯對著他。

E是用飲酒來消遣等候他的光臨，因此他似乎已經半醉了。E和他重新在一張地氈上佈置著玻璃杯冰塊和酒瓶，然後坐下來。當他問起誰曾來過這屋子，E回答說一對學生情侶常在此地過夜，還有一個漂亮的德國人。

這一切是顯然而無庸置疑。他們喫著西瓜和飲著啤酒。黃昏已經不知什麼時候降臨。屋上的天窗失掉了亮光。E站起來扭亮一只細小的壁燈。他感覺他失去了肩，消失了身體，也

／僵局／

240

覺得失掉了記憶。他靜靜地躺下來，像準備睡覺的時候一樣把腳伸直。Ｅ重新坐下來，把唱機的聲音弄得輕柔。

離開

他們離開了屋子，朝著後山走去。

他們從一塊空地穿過一排擋風的油加里樹，走著一條繁生青草的田埂小徑。然後在一處堵塞的土壁離開那彎曲而窄小的小徑，在收穫後乾涸的田地上走著，那田地留著一簇簇短截的稻桿。

不知道要怎樣選擇路徑，他們有些遲疑。

在這樣高低不平種植雜樹的山地，並不以道路為主；所有的路徑都是有了種植物才砍設的，因此沒有平坦的大道，只有彎曲和錯綜的小路。

他們從一口池塘旁邊經過，池塘險惡而不美，四周圍繞著不整齊的灌木。他們跳下，再從一個缺口上來。

他們迎著山頭的勁風，可以看見平直而上的廣大山田，他們依然選擇做為劃分一塊一塊

田地的田埂行走。

那些草秀壯繁茂，強勁的風不斷地梳著它們。

他們的眼睛在搜尋著，看著山頂的樹林。

不遠處有一間茅屋，在一大片四周架有鐵絲刺網的邊緣。他看得很清楚那是一間褐色的草屋。

他告訴她，手指著那是一間茅屋。

她蹲下來坐在樹下的草地上，她的模樣顯得有些疲累，一棵樹的陰影蓋著她。

他走下一條坡坎，從一處矮樹林穿過，一個形狀可愛的淺湖在附近，乾涸的湖底已長滿青綠的小草。一隻牛從喫食中抬頭看他走過。他走近鐵絲刺網，但是他找不到任何草屋，幾棵樹奇怪地站立在那裡，空氣中顯得有些異樣。

他走回來，心中充滿了疑惑，他上了坡坎看見她站立起來。他看見她左右轉來轉去，躲避著風的吹襲，她的頭髮舞姿般動人地飛著。

「那並不是草屋啊。」

他立在她的身旁，再度指著那一方被氣流的色澤所偽佈的景象。

「看起來是，但不是。」

他握著她的手。

一個成人引導著兩三個小女孩走在同一個山頭的另一處，彎著他們瘦小的身體，逆風前行，其中的一位小女孩穿著一件寬大的紅色外衣，像一個騎士。一會兒，他們一羣消失在那

邊的樹林裡。

他們繼續尋找，並沒有停下來休憩，或坐在草地上沐浴陽光。從一條鐵絲刺網旁的小路上去，他們到了頂點的樹林之處。兩個人並排立著俯覽腳下的景物。

「那是圳頭的盆地。」

一條河靜靜地流過一處險峻的斷壁。

「你記得海涅嗎？」

「記得的。」

「我彷彿再見他的臉，聽見他的聲音，他的詩。」

「我從未來過這樣的地方，無論是單獨或偕伴。我生活在優渥的環境，在平坦的路面乘坐在車子裡，我常常在城市和鄉村之間來往著，拜訪朋友，閱覽許多書籍，我善於談論，且受到別人的讚許。我喜愛藝術，戲玩鋼琴和歌唱，可是沒有一件事可以和現在相比。我從未想像過我會來到此地，並且得到如此豐美的享受。」

他用著他那空漠的眼神注視著她，任風吹刺著他們的身體。同時，在風中分辨著聲音。

他們尋到一處巨大的湖澤，躺在湖邊的草地上，樹影遮蓋他們橫臥的身軀。他和她都靜靜地思索著，像兩具死亡的屍體。他的頭靠在她的胸脯的旁邊貼著她的肋骨。

風從他們躺臥處的頂端掃過，帶著各種的聲音。

「你聽著，」

「那是什麼聲音？」

/ 僵局 /　　244

「牛鈴，」

「好像在附近，」

「許多的牛鈴。」

「正是時候，」

「是的，他們從屋子裡把牛牽出來。」

他聽到頂上有戲笑的語聲，他抬起頭來，看到兩個醜陋的牧童站在草叢後面窺視。他坐起來準備站立，那兩個牧童迅速地消失了。他終於站起來，垂頭望著她。

「我去追他們，」

他對她說後，奔跑著爬上山坡。

她想著，一切都過去了。她站起來整理身上的衣服，跟隨著離開那湖。

笑容

二十四日，早晨約十時，
我動身搭車前往你住的小村落。
行前那個好人曾告訴我在那裡搭車可順利抵達小鎮；他說，這是新闢的途徑，舊道已不
合現代人的脾性。
我憑當時的理解相信他的話是對的，
便站在路口的地方候車。
車子不久到來，
車門打開時車掌呼叫我上去，
但人太擁擠，
我貼靠在一個男子的背部，

車子馬上往前奔去。

當這部車子在途中拋錨時，

我像所有的乘客的行動一樣，

自那部車子向四面散開，

有一個人指出一個方向給我，

但不久我已開始迷路了。

這是我至今還未到達你的優雅的住屋的原因。

我一直在思想著，

我們的關係恐怕已被一項時空的事實重新釐定了。

這種關係所產生的樂趣也比以前縮小了，

但卻較為單純，

像人人一樣，

我們也變成人人之中的人。

這種單一的，有限的樂趣，

要比昔日的所有遊樂高尚和超脫；

這種樂趣可以和我們的日常生活分開，

不像往日的喜鬧就是生活的全部。

現在每個人都變得較為有趣，

不像昔時互相憎惡。

現在你我之間畢竟分出了區別來，

不若昔日曖昧不明，

引起別人的猜疑。

現在是一個新而可愛的開始，

能夠喜樂和相容。

墓場

除非你是離開了，否則我不相信你會不在那裡。思想與行為的不能一致，恐怕是懦夫一貫的特徵罷。二十三日我負氣從家裡出走北往，再度撲空，深覺上蒼彷若有意安排如此作弄。抵達北鎮已是午後時辰，走近校門，空氣中散佈一種窒死的石灰的氣味，門房會客室空洞著可能是一般尋常的現象。我像往日一樣輕步走近高聳在眼前的一排校舍，踏上石階，左右望著公佈欄的玻璃窗，那些佈告紙垂掉著，白亮的圖釘搖搖欲墜，我想，午前或昨夜，一定有過狂烈的風掃過此地。我充滿自信，再爬上一層樓梯抵達三樓，教室像驚恐般空空洞洞，所有的學生，彷彿為了躲避空襲而伏臥在桌椅之下。嘿，別作戲了，如此來搬弄一個不值得的人，請停止這樣的戲嘲罷。我來只不過是為了拜訪一位久別的知己，與他談談而已。我不知道為什麼你們會預做安排，真使我太不明瞭這是什麼意思。但是不是，那些屋子的的確確沒有一個人，好像是戰爭後倖免於難的屋舍，人們還沒有從躲避的遠處奔回的模樣。我

開始注意我的皮鞋在水泥地面的響聲，我前後眺望著，沒有人，什麼能動的東西都沒有，噢，上蒼，我終於明瞭，我又撲空了，又一次新的經驗，是先所未有的遭遇。我的手扶在水泥的柵牆，直望著地面那塊方型的球場，那些青年，活潑而純潔的青年那裡去了，還有他們的年輕力壯的教師也那裡去了？如果沒有他們，我的存在算是什麼意義呢？我的姿容能用一有涵義的字來形容嗎？我知道我有名字，可是沒有人叫我。你是他們全體之中的一個，我既然看不到他們，當然也尋不到你。但是，他們是突然消失的，僅僅是為了避我，我這樣想著，只要我離開他們會再回來。

漫遊者

Day after day alone on a hill the man
with the foolish grin is keeping perfectly
still, But nobody wants to know him,
they and he never gives an answer.

當午後陽光漸漸西墜的時候，他由屋子的一扇後門走了出來，他站在門邊望望四周的景色。一切都沒有改變，山和天空以及屋舍都是老樣子。樹木在風中搖擺著，看來既親切又生氣盎然。但他對某些事物懷疑，他疑問自己站在這裡是否正當。他舉步踏出在街道上，他從鋸木廠的門口經過，路邊和門口附近都堆積著不大不小截成同樣長短的杉木。他好奇地向裡面投望著腳步卻繼續前走，外面陽光強烈，他對那大屋子裡面存在的事物只能獲得一些模糊

而動人的印象，當巨大的樹木經由轉動的電鋸工人的手臂分開來的時候。他還看到運木材的鐵道和那個高高的空間，氣氛確實是迷人而感動著他。隔鄰是一家印黑瓦的小工廠。一位禿頭的父親領導著一臺年紀不大的子女在那裡工作著。幾個男孩子都赤裸著上臂而女孩子們手裡握著圓鍬動作快捷地在竹棚子下面翻水泥。他從這黑瓦廠堆放成品的牆邊過去，街市便拋在他的背後。

他來到一大片低窪的地方，曾經洶湧的洪水將這一帶的農田全部淹沒，農夫們的房舍倒塌，家畜隨波流去。現在牛車從山腳處運土過來墊高這片土地，且劃分了建築的區域，先做了排水的溝渠。接臨大公路的地方有人趕先建築著一排四間的樓房，他們用紅磚堆砌，可以看見每間屋子壁櫃安裝的位置。他在這一帶徘徊著，像在籌算著什麼事務。他向還未添蓋泥土的地方走去，望望那些在污水中繁殖的水草。一隻水牛被打擾猛然地從水潭裡站起來，張著大眼睛望著他。他也同時被牠發出巨響的動作驚訝了一下，他審慎地注意那隻水牛是否會因憤怒而衝過來，他看見的尾巴靈活的揮動著擺打臀部和後肢一帶麋集的蒼蠅，且垂下了頭顯繼續牠原來不太認真地嚼著青草。

他轉身往河道去，河床上泥沙和石頭所形成的崎嶇使他大為不悅。到處散亂著垃圾以及小狗和雞的屍體，水一小潭一小潭地靜止著，發出金黃色和綠色被污染的色澤。他順著河道往下流走，他在橫過河邊的水泥橋下遇見了一位飽經風霜的農夫，和他的一隻心愛的小牛。他現在已沒有農地可耕種，在市鎮上他開了一家生意清淡的旅館，他每天花大半的時間在河道的草地上放牛自娛，晚上有時安適地睡在橋下的茅屋裡。他的孩子都已長大成人，離他自

謀生活，在他親手殺害了背叛婦道的妻子從監獄回來後，與他生活的女人一個來一個去。當

他望著這位心戀田園的老農時，老農夫對他投來銳利的眼光。

他繼續前行，一座設在高高的空際的鐵橋架在眼前，視線穿過橋下能看見發電廠骨瘦

的鐵架，圍牆和圍牆上的鐵絲網，發電廠發出巨大而恐怖的噪音，空氣中散播著燃燒般的高

溫。他站在鐵橋附近，一長列貨車隆隆駛過橋上，他向海口走去，視界漸漸地開闊起來，百

公尺內一隻赤牛高聳的肩胛和彎刀形的牛角邊緣有一座建築在一里外沙灘的碉堡，這個景致

顯得高傲凌厲不可侵犯。

至此時他的情緒大變。他單獨走在一大片平坦的海埔沙地上，形影變得渺小又憂戚。他

內心矛盾複雜而腳步卻不停地交織著進行。

But the fool on the hill
sees the sun going down
and the eyes in his head
see the world spinning' round.

兩個小學童互相戲弄著迎面奔跑過來。當他和他們相遇的時候，他們無關心地繼續做他

們的戲逐，其中的一位有隻跛腳引起了他的注意。但那位跛腳的學童和他的同伴奔跑得一樣

快。他越往前走風沙越大，他的襯衫在背部像一張帆般鼓漲著。他穿過防風林立在一個農家

的後院佇足尋望。他的腦中映著一個賣西瓜女郎的身姿和甜蜜的面孔。一羣被圍在竹籠內的鴨子跑到邊緣來對他伸展長長的脖子，脹紅的臉上長形的黑色硬唇吱吱紛叫著。

「我知道，」他對牠們說。

「阿媛已經出嫁給一位水泥匠。」

「但是你們並不知道呀。」

「我是來問候那位……」

「那位高瘦未曾出嫁的姐姐。」

「我知道，」他又對牠們說。

「她已移居在另一個世界。」

他從防風林走出來繼續在沙灘往前走去。在漲潮時海水會灌進來的海溝沙地上，漁夫們在那裡散佈插設許多竹竿。此時日色漸晦，那些竹竿在地面上投著長長細細的影子。他走到海邊，觀望那些在淺波裡撈取魚苗的男人和女人。然後他往南邊走去，穿過高大的木麻黃樹林，在稻田的小徑上小心地繞著。四邊小徑上放著農夫飲水用的錫水壺和一只橘色塑膠杯。農婦們跪在田裡除草，他們時時抬起頭顧望望天空和太陽。農夫們的眼光，充滿著空漠的神色，而在臉部腮骨的部份卻能看出他們的堅毅和耐性。男人留著短而自然的頭髮，女人的模樣十分樸素。他跳過一條水溝，跨過鐵道，爬上一座公墓所在的山頭。海風越過木麻黃防風林的樹梢直抵山嶺。他在那些雜亂的墳塚之間轉來轉去。

禁足的海岸

——I come why Call me so?——季諾*

什麼意志興起我去散步；我要走向那裡？我遠離了市區，走到河岸。我一面走一面睨視遠遠堆積在乾涸河床的垃圾，像紫黑色的小山，紙上碎布剪貼的模樣。我不敢走近它，那是鎮上一切污穢的棄物，麋集著細菌和毒物。微風把惡臭的氣味吹到我的嗅覺裡。我看見了一個矮小而半赤裸的男人在垃圾旁邊翻鏟；他沒有鼻子，嗅不到那氣味，他沒有眼睛，看不見

<hr>

*古希臘斯多噶派哲學家季諾九十歲時，一日他走出學校失足，跌破了一個腳趾，他以手擊地，反覆吟著尼奧比的一行詩句：「I come why Call me so?」立刻自扼而死。

尼奧比是神話中Tantalus之女，底比斯國王Amphion之妻，曾以子女多至十四人又美麗而自誇，並嘲罵阿波羅和亞黛蜜絲之母Leto，以致宙斯殺其子女，將她化成石人，她繼續哀泣而吟此詩。

那是污穢。我想起在市街上挑大糞的不覺臭，不挑的行人掩鼻子走。我在雜草和石頭上繼續行走，順著一條半隱藏著的舊牛車痕跡。我抬頭掃視天空，黃昏已經拉開了序幕。是春天的好天氣。雲彩的姿樣是我第一次看到，它對我很親切熟識。我知道，凡是宇宙的一切事物不可能造成兩樣相似；錢幣沒有兩個是相同的，天空沒有兩天是相似的，雙胞胎也不一樣；但卻有第一次邂逅時覺得似曾相識的那種事，對一個女子的一見鍾情，相見恨晚；一個立在我面前的陌生人，我會覺得在什麼地方見過；對於那天空，我也似曾記憶它的一切。

我停下來，立在河床中央，仰望火車奔過鐵橋的景象。火車頭像隻老母雞，氣呼呼地，一輛連接一輛的貨車廂，跟在後面奔跑；我想到蜈蚣競賽，殿後的一位必須分開雙腿翹高屁股；最後的一節車廂滑稽地被拖著急奔，墨西哥騎馬的一群強盜，鎮上掉下了褲子追隨母親的小孩。

我穿過鐵橋下。河道在前面轉變連接大海。我由岸邊的一條小徑走上河岸的高地，看到在木麻黃樹幹之間，錯落著無數小屋，臉孔不敢見人把帽邊拉得低低的屋簷，用竹離笆圍成小小的庭院，放著紅色木馬、掃把、小木凳和擦布。他們是那一族？彎腿矮小和沉默；婦人蒼白的臉上閃著猜疑的目光，她們穿著狹腿褲凸挺著肚子，不活潑的小孩套著紅衣服。還有在樹幹下更小的屋子，住著羽彩鮮豔的雞族。我沒有看到男人。

我匆匆地走過，我在鎮上卻完全不知道有人在這裡生活。我又回到河岸，在我的跟前，是開夏的天空，呈現橘子的顏色，淡白的海灘，石頭，小孩和竹竿都有他們拉長的影子。我走向他們中的一位。

「你們撿些什麼？」

「酒螺。」

「能吃嗎？」

「當然。」

「什麼味道？」

「有苦有甜的。」

「是苦的。」

「你們是撿甜的。」他望我一眼。

「為什麼？」

「苦的有甘味。」

「真的嗎？」

「真的呀！甜的很少。」

他們站起來，手中提著小竹籃，一起涉過淺淺的水，到了那一邊沙灘，漸漸地走遠了。

我在河口興奮地踏著柔軟的沙地，我注視在腳邊出現的有色石頭，眺望遠處翻捲的海浪，我開始沿海岸行走。

這才是我的所在：寬廣遼蔓和自由，新鮮的空氣，乾淨的景物，陽光的色彩，海水的聲音，溫柔的沙地，樹木的靜默，風的信息和我的存在。我忘掉了我從那裡來，忘掉我的父母，忘掉我是誰，多少年紀和性別，忘掉我的學業和工作，忘掉鎮街的遊樂和朋友，忘掉我

有慾望和做一切事；忘掉了恐懼的陰影和責任的顫抖，忘掉緊張的競爭和失敗的羞恥；忘掉了勝利的滋味和虛無，這才是我喜愛的天和地，我的住所和我的永恆的存在。

「喂！」站在碉堡上的兵士喚住我。

「你從那裡來？」

「鎮上。」我說。

「你來這裡做什麼？」

「散步，僅僅是散步。」

「這裡不是散步的地方。」

「這是那裡？」

「在你出生以前就禁止。」

「原來是這樣。」

「你有身份證嗎？」

「我什麼也沒有帶在身上。」

「你真的來自鎮上？」

「是的，沙河鎮，你沒有上過街嗎？」

「只你一個人？」

「我並不知道呀！」

「海岸，禁足的海岸。」

「是的，只有我。」

「為什麼到這裡來散步？」

「我信步而來。」

「你想到那裡？」

「嗯，到舊浴場所在。」

「浴場已經封閉了。」

「我知道，夏天會開放。」

他把臉轉開，朝著前面眺望海洋。我隨著他的視線也看看海洋。那邊有什麼東西？有誰會來？為何在這裡把守眺望。這不是自由和核能的時代嗎？我移動腳步走開，走過鐵絲網和枯木插在土地裡的障礙。我向前走，踢著水草，遠離了碉堡。我沒有回頭望，低著頭走進木麻黃樹林裡。

我走近一間陋破的木屋，門口坐著一位殘廢而虛弱的男人。一隻巨大的狼犬從他的身後走出來，牠的眼睛發出沉悶的紅光，靜靜地走近我。牠低著頭顧過來嗅著我，然後繞到我的背後，突然牠在我的臀部咬一口。我和牠同時跳了起來；我向前，牠退後。牠開始大聲叫著，準備再度攻擊我，但牠聽到那個男人的斥責聲，緩緩地往回走。

我望著那個男人，他的臉上現出毫無動容的樣子；他默默地注視他的狗，摸摸牠的頭，似乎感到了稍足的安慰。我用手摸到傷口，褲子破了，發覺傷口迸出了血液。

嘿！天啊！喂！先生，請你看看你的狗怎樣地咬到了我。這是為什麼？我不能明瞭。

我來到海濱，感到多麼興奮快樂，我生長在鎮上，第一次覺得這是我的天堂。你看到了傷口在流血，可是你為何無動於衷？你沉默不語，連一聲對不起，或責罵你的狗都沒有。為什麼你要養一隻這樣凶猛的狗，來對付一切你陌生的人？好像你的弱敗的身體需要一個強有力的奴隸來為你的意志服務。牠無疑地就是你的手和腳。我惹了你什麼罪過？你要這樣傷害我。看罷！傷口的血流滿了整條腿，臀部已經破洞，細菌和毒已經侵入了我的體肉。為什麼要這樣？我的快樂消失為憂傷取代，這樣叫我回家去如何向我的父母交代；我來了為何令我這樣？你的狗咬了我，你獲得了快樂？變態的人啊！為何在這個自由安樂的土地上生存？我回去已無臉見我的父母；我將死；我的遭遇和模樣應該給他人一個榜樣，好叫他們禁足走到這裡；那麼，上天讓我祈求一願罷⋯⋯就讓我在彎身轉頭審看我的傷口時，變成一座僵硬的石頭。

七等生創作年表

七等生全集　　03

INK 僵局

作　　者	七等生
圖片提供	劉懷拙
總 編 輯	初安民
責任編輯	孫家琦　林家鵬　宋敏菁　施淑清　黃子庭　陳健瑜
美術編輯	黃昶憲　陳淑美　林麗華
校　　對	呂佳真　潘貞仁　林沁嫻

發 行 人	張書銘
出　　版	INK 印刻文學生活雜誌出版股份有限公司
	新北市中和區建一路249號8樓
	電話：02-22281626
	傳真：02-22281598
	e-mail：ink.book@msa.hinet.net
網　　址	舒讀網http://www.inksudu.com.tw

法律顧問	巨鼎博達法律事務所
	施竣中律師
總 代 理	成陽出版股份有限公司
	電話：03-3589000(代表號)
	傳真：03-3556521
郵政劃撥	19785090　印刻文學生活雜誌出版股份有限公司
印　　刷	海王印刷事業股份有限公司

港澳總經銷	泛華發行代理有限公司
地　　址	香港新界將軍澳工業邨駿昌街7號2樓
電　　話	852-27982220
傳　　真	852-27965471
網　　址	www.gccd.com.hk

出版日期	2020年12月　初版
I S B N	978-986-387-371-6
	978-986-387-382-2(全套)
定　　價	3870元(套書不分售)

Copyright © 2020 by Qi Dengsheng
Published by INK Literary Monthly Publishing Co., Ltd.
All Rights Reserved
Printed in Taiwan

國家圖書館出版品預行編目資料

七等生全集. 3／

僵局/七等生著 -初版. --

新北市：INK印刻文學, 2020.12 面；　公分

ISBN 978-986-387-371-6(平裝)

863.57　　　　109017953